22세기 동물농장

The Republic of Dog's

22세기 동물농장
The Republic of Dog's

2023년 4월 10일 초판 1쇄 발행

저 자 │ 조 지 오
펴낸이 │ 박 기 봉
펴낸곳 │ 비봉출판사
출판등록 │ 2007-43 (1980년 5월 23일)

주 소 │ 서울 금천구 가산디지털2로 98. 2동 808호(가산동, IT캐슬)
전 화 │ (02) 2082-7444
팩 스 │ (02) 2082-7449
E-mail │ bbongbooks@hanmail.net
ISBN │ 978-89-376-0495-9   03810

값 17,000원

22세기 동물농장

The Republic of Dog's

조 지 오(曹之五) 지음

비봉출판사

책을 펴내며

'개××'

사람들이 걸핏하면 내뱉는 욕지거리입니다.

견공(犬公)의 입장에서 보면, 참으로 억울하고 분통 터질 일일 것 같습니다.

거기다 옳지 않거나 못돼먹은 것 앞에 '개' 라는 모자를 씌워 무조건 '더 나쁜' 것으로 몰아 버리니까 말입니다. 맛대가리 없는 싸라기 떡을 '개떡' 이라 부르는 것을 포함해서 별 볼 일 없는 건 모조리 '개' 라는 글자가 붙어있거든요.

개기름, 개똥참외, 개불알꽃, 개살구, 개씹단추, 개똥벌레, 개수작, 개잡년, 개차반, 개털, 개망신, 개다리참봉, 개 눈에 똥만 보인다 등 수도 없이 많네요. 더해서 노름판 뻥땅 뜯는 것조차 '개평' 이라니 황당하겠지요.

반면, 사람들은 죄 없는 개를 욕하면서도 그들을 참으로 좋아합니다.

TV에서도 '세상에 나쁜 개는 없다' 는 프로그램이 인기잖아요.

평생을 같이 살 반려동물로 생각하기도 하지요. 또 장애인의 친구가 되어 주는 안내견이라든가 무너진 건물더미에서 생존자를 찾아내는 구조견, 군대의 수색견, 경찰의 마약 탐지견 등등을 보면서 '사람보다 낫다' 는 생각을 합니다.

예부터 개만큼 인간에게 일편단심 충절을 지키는 동물도 없지요.

천하의 날강도 '도척'의 개도 주인에게 충성을 다 하잖아요.

그럼 '개념'들의 세상에선 사람을 어떻게 볼까요?

이 소설, 22세기 동물농장에서는 이렇습니다.

'사람보다 못한 놈, 인간보다 못한 개새끼, 인간이라는 탈을 쓴 하급 동물보다 못한 놈' 등은 가장 모욕적인 용어로 불립니다.

결국 피장파장이네요.

하긴,

국민을 대표하는 국회의 우두머리이자 국가 얼굴 2인자인 국회의장을 두고 국회의원이 GSGG라고 했습니다.

그러니까 국'개'의원이라는 소리가 나오는 것 아니겠습니까.

북의 ICBM도 뚫지 못할 철면피한 지도자 군상들.

그냥 '개 같은' 세상이라고.

......

독자님들께 말씀드립니다.

그냥 읽어주시면 좋겠습니다.

글에 특정 의미를 부여하지 말고 그저 쓱 읽고 나서 코 푼 휴지 버리듯 그냥 던져 버렸으면 합니다.

아무튼 이건 개가 사람을 대신하는 '귀신 짬뽕 훑어 먹는 소리' 같은 말도 안 되는, 그러니까 말이 되는 그런 이야기입니다.

암튼 재미있게 읽어주시면 참으로 고맙겠습니다.

애쓰신 비봉출판 편집팀과 박기봉 사장님께 감사드립니다.

저자 조지오(曺之五) 드림

2022. 8. 15.

목 차

1. 나, 라구라, '개'한테서 월급받는 인간입니다.

나는 농장 관리를 맡고 있는 라구라입니다.

성이 라(羅) 씨이고 이름이 아홉 구(九)에 비단 라(羅), 라구라이지요. 거꾸로 불러도 역시 라구라입니다.

예명이나 별명이 아닌 주민등록상 진짜 이름입니다.

어릴 때 친구들로부터 이 때문에 놀림도 많이 받았습니다.

부모님이 아홉 결 비단에 싸여 지내는 팔자 좋은 놈으로 살라고 지어준 이름이라는데, 현실은 '개뿔'입니다. 호화판 비단에 싸여 살기는커녕 구겹 오랏줄에 묶여 개밥 먹고 사는 꼴이거든요.

생각해 보세요.

제 주인은 개랍니다.

썬스타라는 개란 말입니다.

저는 개한테서 월급을 받는, 세상에서 유일한 인간일 겁니다.

물론 처음에는 '방씨 동물농장'이라는 데서 경비원으로 일했지요. 그러나 지금은 동물농장 주인이 사람이 아닌 썬스타라는 개로 바뀌었고, 저는 이 동물농장에서 일하는 사람인 것입니다.

농장 이야기를 들려 드린다면서 제 너스레가 너무 길었네요.

자, 그럼 지금부터 우리 농장에 대한 아주 재미있는, 소설보다 더 재미있는 속살을 보여 드리도록 하겠습니다.

워낙 무식한데다 글을 처음 써 보느라 좌충우돌, 횡설수설, 왔다 갔다 함을 이해해 주시면 고맙겠습니다.

내용은 요즘 애들 말로 레알 진짜입니다.

독자들이 읽기 쉽게 구어체와 문어체를 섞어 썼습니다.

그냥 편하게 가볍게 읽어주시면 아주 많이 감사하겠습니다.

처음 농장 이름은 '방씨 동물농장' 이었습니다.

주인 성씨가 방(方)씨였으니까요.

명칭상 동물농장이지만 실상은 개 사육장이었습니다.

개 사육장, 듣기에 좀 거북하니까 동물농장이라고 불렀지요.

하긴 식용 개뿐 아니라 돼지나 말, 닭, 젖소 등 몇몇 동물도 있으니 동물농장이 맞긴 하지요. 물론 꽤 넓은 과수원도 붙어있습니다. 주인이 어떤 사람이었는지는 뒤에 이야기하겠습니다.

먼저 농장을 들여다보면 이렇습니다.

말씀드린 대로 사육하는 동물 중에는 개가 가장 많았습니다.

이곳 개들은 파랑 개, 빨강 개, 노랑 개, 똥개, 기타 잡개로 나뉘어 있었습니다. 털 색깔에 따라 분류된 것이 아니고, 그들이 사는 축사의 지붕 색에 따라 그렇게 붙여진 것입니다.

즉, 파랑 슬레이트 지붕 축사에 사는 놈은 파랑 개, 빨강 양철 지붕 안에 있는 놈은 빨간 개, 노란 초가지붕 축사에 있는 놈은 노랑 개 뭐 이런 식이지요. 제대로 된 개집도 없이 헛간이나 아무 데서나 뒹굴며 사는 놈은 똥개나 잡개들입니다.

개 다음으로 많은 것이 돼지지요.

이들의 축사는 농장 끝 산비탈 구석에 있습니다. 아무래도 냄새가 많이 나니까 그렇게 설계 했는가 봅니다.

말은 서너 마리가 있는데, 주인장의 경주마와 따님의 마장마술 경기 말, 그리고 종마 등입니다. 이들의 마구간은 농장 한가운데 가장 따뜻한 양지바른 곳에 마련되어 있습니다.

닭장은 여러 곳에 흩어져 있으며, 달걀을 얻기 위한 것과 식용으로 키우는 것들입니다.

그 외에, 이름조차 잘 모르는 관상용 조류와 희한하게 생긴 닭들도 상당수에 이릅니다.

여기서 키우는 것은 아니지만 야생의 꿩이나 메추리 등도 수시로 날아와 이들과 함께 어울리기도 합니다.

때로는 앵무새도 날아들어 온갖 흉내를 내며 재잘대는 바람에 웃음바다가 되곤 하지요.

물론 젖소도 몇 마리 키웁니다.

매일 신선한 우유를 먹기 위해서지요.

또 외국 친구분들한테 선물로 받은 원숭이 한 가족도 있습니다.

물론 사람 사는 곳이었으니 쥐도 있고 고양이도 있지요.

아 참, 농장 전체에 대한 설명을 빠뜨렸네요.

농장은 이 나라 수도의 중심 광장에서 북쪽으로 그리 멀리 떨어지지 않은 곳에 자리 잡고 있습니다. 원래는 그린벨트 지역이라 악산이긴 하지만, 개천도 흐르고 산비탈을 끼고 있는 곳입니다.

경치도 좋고 도심과 가까운 명당자리라고 할 만하지요. 크기는 대충 잡아 15만 평으로, 18홀 퍼블릭 골프장 하나가 들어설 수 있는 면적입니다.

주인이 살던 집은 미국 대통령 관저를 본떠서 지은 하얀 지붕의 현대식 건물입니다.

그러면 농장주에 대해 말씀드리도록 하겠습니다.

성은 방(方)씨며 이름은 강철(鋼鐵)이지요. 글자 그대로 강철같은 사람인데 육군 장군 출신입니다. 이 나라도 한때 남북으로 갈라져 전쟁을 치른 적이 있는데, 당시 자유주의 국가 장군으로 공산주의 침략자들을 무찌른 용장이었지요.

전후에는 대통령으로 추대됐으나 사양하고, 이 나라 국민이 즐겨 먹는 개고기 보급을 위해 그린벨트 야산을 개발해 농장을 차린 것입니다.

그는 강직한 성격이지만 인정이 넘쳐나는 사람이었습니다.

모든 축사에 환기 시설과 냉난방 시스템을 설치했고, 사료도 충분하게 공급했습니다. 가끔 문을 열어 드넓은 산비탈과 풀밭을 자유롭게 돌아다닐 수 있도록 했지요.

다른 농장으로 팔려 가거나 식용공장으로 넘겨지게 되는 전날이면 푸짐한 사료로 그들에게 이별 파티를 열어 주기까지 했습니다. 따라서 그가 있던 동안 이곳 농장 동물들은 하나같이 만족한 생활을 했습니다.

그런 어느 날, 농장이 자리를 잡은 뒤 그가 갑자기 세상을 떠나는 바람에 무남독녀 따님이 이어받아 운영하게 되었습니다.

아시겠지만, 동물들도 나름대로 생각하는 능력이 있습니다.

바꿔 말하면, 아이큐(IQ)라는 게 있는데, 이곳 동물 가운데는 원숭이가 으뜸이지요. 아마 100이 넘는다고 들었습니다.

사육동물 가운데는 돼지가 70으로 가장 높고, 다음이 개로 60이라

합니다. 고양이는 40쯤이며, 앵무새는 30이라 들었습니다.

그러나 개는 인지능력과 학습 능력 면에서 돼지를 앞서는 총명함을 지녔다고 알려져 있습니다. 수만 년 전부터 인간과 가장 가까이 지내다 보니 그렇게 되었다는 게 동물학자들의 설명입니다.

문제는 바로 이 개들이 '빈린'을 도모하면서부터 이 농장은 개가 운영하는 '개념에 의한, 개념을 위한, 개념의 동물 공화국'이 되어 버린 것입니다.

2. 개에게는 개권이, 돼지에겐 돼지권이

어느 날 개들이 모여 회의를 했습니다.

회의를 주재한 건 빨강 개 '도사' 였습니다.

어느 날 갑자기 '썬스타' 로 이름이 바뀌었는데, 그건 나중에 이야기하겠습니다. 도사는 앞으로의 이야기 중심에 서 있는 만큼 그에 대한 설명이 좀 필요할 것 같습니다.

이름은 '도사' 지만 도사견 종류는 아닙니다.

어미는 토종 풍산개인데 아비가 족보도 없는 중국 개입니다.

어느 날, 봄바람을 쐬러 나간 어미 개는 길거리를 헤매는 떠돌이 중국 수캐로부터 강간당해 원치 않은 새끼를 낳은 것입니다.

그 새끼가 바로 도사입니다.

짝퉁 풍산개 도사는 진짜 풍산개들로부터 따돌림을 당했고, 그렇다고 똥개들한테 환영받은 것도 아닙니다. 살아남을 방법으로 그는 누구한테나 비실비실 웃는 얼굴로 대했습니다.

자기로서는 방글방글 환하게 웃는 얼굴이라고 생각했으나 주위에서 보기에는 허파에 바람 든 놈처럼 실실 웃는 것으로 보였습니다.

어찌 보면 능청스러운 웃음이고, 달리 보면 비굴한 그런 것이었습니다. 그로서는 어쩔 수 없는 삶의 방편이었는지 모르겠습니다.

주위 개들이 그런 꼴을 보고는 저놈 빙신이야, 도사야, 하고 놀렸는데, 그래서 도사라는 이름을 얻게 되었다고 하는 썰이 하나입니다.

또 다른 썰은, 개들이 노는 곳에 독사 한 마리가 기어들었는데, 모두 놀라 도망갔는데, 도사가 한입에 그를 물어 죽였습니다. 그래서 독사를 도살했다고 해서 붙여진 이름이라고 하기도 합니다.

이처럼 주위 모두로부터 왕따 당하며 사는 그는 절치부심, 이를 갈고 있었던 놈입니다.

나중 다시 이야기하겠습니다만, 그는 권력을 잡은 뒤 이러한 출생의 콤플렉스에서 벗어나기 위해 족보를 세탁하고 우상화에 더욱 매달리게 됩니다.

그런데, 조용하던 이 동물농장에 도심 농장에서 살았다는 '진도'라는 이름의 수캐 한 마리가 들어오면서 변화가 시작되었습니다. 마침 그는 빨강 축사에 빈자리가 있어서 그곳 식구가 되었습니다.

"만반잘부"

"……?"

"만나서 반가워, 잘 부탁해" 라는 말이야.

"……?"

"그것도 몰라? 헐."

"뭐…? 헐."

"ㅋㅋㅋ."

도심서 온 개는 요즘 애들이 쓰는 신조어를 많이 썼습니다. 그는 또 이곳 농장 동물들이 전혀 모르는 세상 돌아가는 온갖 정보를 많이 알고 있었습니다.

농장 개들은 새로 온 개 진도가 들려주는 바깥세상 이야기가 무척이나 재미있었습니다. 틈만 나면 모여앉아 처음 들어보는 별별 이야기에 푹 빠져 귀를 쫑긋 세웠습니다.

무조건 돈이 최고라는 미국의 트럼프 대통령과 시진핑의 중국 몽(夢) 싸움에 관련국들은 '고래 싸움에 새우 등 터지는 꼴'로 죽을 맛이라는 이야기도 재미있게 풀어 놓았습니다.

"예부터 불구경과 싸움 구경이 젤 재밌다. 그랬는데 미-중 싸움

구경만 하면 되지 왜 새우등이 터져?"

"그런데 트럼프가 뭐야? 포커 카드를 말하는 거야? 사람 이름이
야?"

"ㅠㅠ, 기가 차서 말이 안 나오네."

"중국몽이 뭔데?"

"조그만 새우가 무슨 등이 터져?"

"무슨 얘긴지 잘은 몰라도 재미있는 것 같기는 하네."

"그보다 연예계 이야기 뭐 없냐?"

젊은 동물들의 요구에 그는 싸이의 강남 스타일부터 BTS 방탄소
년단에 이르기까지, 세계 가요계를 주름잡은 한국 팝스타들의 활약
상을 끝도 없이 풀어 놓았습니다.

"그것 말고 스캔들 얘기 좀 해봐."

"무슨 스캔들?"

"정치 아님 섹스 스캔들?"

"뭐든."

"정치 문제는 담에 하고 섹스 관련인데, 스캔들이라기보다 그냥
재미삼아 들어봐. 미국의 어떤 여배우는 5번 이혼하고 6번 결혼했는
데……"

"뭐라고?"

"야, 개새끼도 그렇게 마구잡이로 흘레붙진 않는데……"

"뭐라고, 개새끼?"

"아니 미안, 돼지들도 안 그래."

"뭐, 돼지들이 어떻다고?"

"아니 우리 동물들도 안 그렇단 얘기일 뿐이야. 오해하지 마."

"쓸데없는 문제로 싸우지 말고 우리의 생존에 관한 중요한 얘기를 할 테니 잘 들어."

진도는 '개들에게는 개권'이, 돼지들에게는 '돼지권'이 있으며, 모든 동물은 각자 '자신의 동물권'이 있다며 열변을 토했습니다.

"그게 뭔데?"

"그게 왜 필요한데?"

"그럼 어떻게 되는데?"

처음에는 무슨 말인지 통 알아들을 수가 없었습니다. 그러나 시간이 지남에 따라 젊은것들이 차츰 호기심을 갖기 시작했습니다.

"잘 생각해 봐, 우선 닭부터 들어봐. 네가 힘들게 낳은 달걀, 그거 누가 먹냐?"

"주인이 먹거나, 내다 팔지."

"그렇지. 매일 매일 알을 낳아봤자 네가 먹는 건 하나도 없잖아. 그게 평등하다고 생각해?"

"평등이 뭔데?"

"주인과 네가 똑같다는 거지."

"그게 말이 돼? 주인은 주인이고 우리는 그가 소유한 동물인데."

"그게 문제야. 네가 말한 것처럼, 주인은 주인일 뿐이야."

"⋯⋯?"

"그리고 너는 너일 뿐이야."

"……?"

"무슨 말인지 모르겠어? 아직도 헷갈려?"

"글쎄, 알 것 같기도 하고 모를 것 같기도 하고. 맞아, 헷갈려."

"그리고 네가 주인이라고 말하는 그 작자, 너희들이 만든 생산품을 모조리 착취하는 나쁜 인간들이거든."

"착취가 뭔데?"

"그냥 힘으로 빼앗아 가는 거."

"우리 주인은 안 그래."

"주인, 주인, 하지 마. 너 주인은 바로 너라니까."

"아니지, 내가 어떻게 주인이 돼?"

"노예근성, 동물 근성에서 못 벗어났군."

"노예근성이 뭔데?"

"어휴 고답이."

"고답이?"

"그래 고답이다. '고구마 먹다 숨이 콱 막힌 것같이 답답' 하다는 말이다. 앞뒤가 콱 막힌 녀석들."

"뭐가 됐든, 난 우리 주인이 젤 좋아."

"도대체 왜?"

"주인은 매끼 겨도 주고, 맛있는 사료도 주고, 따뜻하게 지낼 집도 주고, 위험으로부터 보호도 해주고. 또 뭘 더 바래?"

"돌대가리들. 그렇게 설명해 줘도 몰라?"

"나 돌대가리 아니거든."

"야, 아무것도 모르는 '알못' '알똥' 들, 그만하자."

"야. 그건 그렇고, 너 희한한 말 많이 쓴다."

"촌놈들은 몰라, 도시에 살면 그 정도는 당근이지."

멀리 서 있던 종마가 당근 소리에 한마디 합니다.

"당근, 그거 내가 젤 좋아하는 건데."

"ㅋㅋㅋ"

이때까지 가만히 듣고만 있던 '도사'가 다가왔습니다.

"형씨, 나하고 얘기 좀 합시다."

"웬 형씨? 같은 개끼린데 그냥 '반모'로 나가지."

"반모라, '반말 모드' 같은데, 오키?"

"와, 눈치 백 단이네. 그런 걸 요즘 말로 '오놀아 놈'이라고 해."

"오놀아 놈?"

"그래, '오, 놀 줄 아는 놈'이란 말이야. 노는 것뿐 아니고 말이 통한다는 거지."

"암튼, 조용한 곳에 가서 진지하게 이야기 좀 하자."

도사는 다른 개들이 잘 모르는 헛간으로 진도를 데려갔습니다. 그곳에서 둘은 바깥세상에 관해 여러 가지 이야기를 나누었습니다.

"와우, 진도는 모르는 게 없네. 척척박사네."

"별말씀을, 앞으로 둘이 잘해 봅셔."

다음 날부터 둘은 수시로 만났고, 얼마 지나지 않아 그들은 '척 하면 삼천리'가 되었습니다.

"도사, 사실 그동안 얘기 못 했는데, '동물농장'이라는 소설이나 만화로 만든 비디오에 대해 들어본 적 있어?"

"아니."

"그럼 지금부터 말하는 건 아주 중요한 거니까 다른 개들한테 함부로 말하지 마."

"알았어."

진도는 영국의 소설가 조지 오웰이 쓴 소설 '동물농장'의 전반부에 관해서만 설명해 주었습니다.

돼지들이 반란을 일으켜 '자기들끼리 잘 먹고, 잘 살았다'는데 까지만 이야기한 것입니다. 좋지 않은 결과에 대해서는 일부러 말해 주지 않았습니다.

그는 소설 속의 동물농장처럼 우리도 반란을 일으키자, 그리고 반란이 성공하려면 사전 준비가 철저해야 한다는 것, 그러기 위해서는 무엇보다 모든 동물한테 교육이 중요하다는 것, 교육은 누가 뭐래도 반복 교육이 효과적이라는 것 등을 하나하나 사례를 곁들여 설명했습니다.

도사는 결과가 궁금해 물었으나, 진도는 어물쩍거리며 딱 불거진 대답을 해주지는 않았습니다.

도사는 주인 방씨 아가씨의 경호를 맡고 있는 진돗개 '배무'를 찾아갔습니다.

"오랜만, 방가 방가."

"웬일이야? 요즘 애들 신조어까지 다 써 가며."

"주인님이 먹다 버린 우유 있음 한 잔 가져와라. 나도 '가성비'

좋은 우유 한번 먹어보자."

"오끼."

"헐."

"ㅠㅠ, 이렇게 맛있는 걸 인간들은 매일 먹는다 이거지?"

"더 줄까?"

"됐어, 너도 이걸 매일 먹냐?"

"아니."

"너도 매일매일 배부르게 먹을 수 있어. 방법을 알려줄게."

"……, 괜찮아 난 가끔 먹어."

"알았어. 근데 사실은 뭐 하나 부탁하러 왔어?"

"뭔데?"

"주인집에 동물농장 만화 비디오 있지?"

"근데, 왜?"

"그것 좀 보자, 주인 없을 때."

"……"

"주인 없을 때 잠깐 보자는데 뭘 그래."

"……, 알았어, 준비되면 연락할게."

"생 유."

어느 날, 배무는 주인아씨가 외출한 틈을 타 비디오를 넣어 둔 서랍을 열었습니다. 그림을 보고 동물농장을 쉽게 찾았습니다.

입으로 물고 와서 비디오 디스크 플레이어에 밀어 넣었습니다.

그리고 도사를 불렀습니다.

"와, 재밌다."

"꿀 잼?"

도사는 사실 재미보다 내용을 열심히 되새겼습니다.

"한 번 더 돌려봐."

"주인 올 시간 다 돼가. 담에 또 틀어보자."

"오끼. 또 올게."

도사는 다음번에는 진도랑 함께 비디오를 봤습니다.

그 이후에는 진도뿐 아니라 다른 개 몇 마리까지 데리고 가서 함께 틀었습니다.

똑똑한 돼지도 한 마리쯤 데려갈까 하다가 '만화 속 쿠데타 주인공이 돼지임'을 생각하고는 '아차, 큰일 날 뻔했네' 했습니다.

도사의 머릿속은 동물농장 내용으로 꽉 찼습니다.

그리고 '언제, 어떤 방법으로 반란을 일으켜야 성공할 수 있을지'를 곰곰 생각했습니다.

어느 날 저녁 늦게 도사는 헛간으로 진도와 똘마니 개 '사탁'을 불렀습니다.

사탁은 오스트레일리언 캐틀 종입니다.

호주가 원산지로 목장 견(犬)의 DNA를 타고 나 동물 세계를 누구보다 잘 아는 녀석입니다.

거기다 녀석은 영악한 머리에 눈치도 빠르고, 가끔 기발한 아이디어로 동료들에게 인기 만점입니다.

"단도직입적으로 말한다. 나, 도사는 비디오에서 본 동물농장처럼 반란을 일으키려고 한다. 여러분들의 협조가 절대적으로 필요하다."

"……"

"우리의 아이디어 창고 사탁. 너 좋은 생각 좀 내놔 봐."

"나도 진작부터 보스가 그런 생각을 하고 있다는 것을 알고 있었어."

사탁은 언제부터인가 '도사'를 자신들의 수장이라고 생각하며 보스라고 불렀습니다. '도사 녀석, 언젠가 일을 저지를 녀석이야. 베프'로 만들어놔야지' 하고 그는 생각했었거든요.

"근데, 동물농장의 돼지 나폴레옹이 반란을 일으킨 건 20세기 초 영국이야. 지금 하고는 너무 달라."

"그래서…?"

"지금은 여론이 제일 무서워. 여론을 업고 민주주의를 가장한 폭력데모를 시작으로 주인을 몰아내는 방법을 찾는 것이 가장 바람직해."

"브라보! 과연 사탁은 사탁이야. 그럼 네가 실행 새끼줄 짜 봐."

"넵."

그날부터 도사, 진도, 사탁은 수시로 모여 주인을 쫓아낼 가장 좋은 방법을 두고 머리를 맞댔습니다.

대충 밑그림이 나왔습니다.

도사는 필요할 때 동물 총동원령을 내리는 등 전반적인 운영을 총괄키로 했습니다.

진도는 동물들에게 이념 교육의 주입 임무를 맡았습니다.

사탁은 이념에 구호를 붙여 모든 동물에게 전파하고 설득하는 일을 책임졌습니다.

다음번 회의는 농장의 모든 동물들을 모아 놓고 그동안 이들이 계획한 바를 뭉고하는 자리였습니다.

도중에 한 가지 말씀드릴 건, 동물들이 모여 회의를 하더라도 주인은 전혀 모른다는 것입니다.

그럴 수밖에 없는 것이, 개를 포함한 일부 동물은 사람의 말을 대충 눈치껏 알아들어도, 사람은 그들의 말을 전혀 알지 못하기 때문입니다.

물론 저 라구라는 불행인지 다행인지 개나 말 등 동물의 말을 꽤 많이, 특히 개와는 의사소통이 가능한 수준으로, 알아듣습니다만.

또 드넓은 농장이라, 농장 한쪽에서 이들이 모여도 사람은 전혀 눈치를 챌 수 없습니다.

이날 모임에서 도사는 '우리는 앞으로 여러분을 지금보다 훨씬 더 자유롭고, 풍요롭고, 행복하게 해 줄 테니 우리의 계획에 잘 따라주기를 바란다' 는 정도의 간단한 이야기만 했습니다.

대부분 동물들은 그들의 생뚱맞은 소리가 무슨 뜻인지 전혀 감이 잡히지 않았습니다.

다만 평등이니 행복이니 하는 얘기가 조금쯤은 알 듯 말 듯 하긴 했습니다.

그런데 이들의 말에 태클을 걸고넘어지는 동물이 있었습니다. 개들보다 IQ가 높은 돼지였습니다.

돼지 중에도 가장 영리한 '피코'가 회의가 끝난 며칠 뒤 도사를 찾아왔습니다.

"하이루! 안뇽."

"……?"

"놀라긴, 무슨 나쁜 짓 하다 들킨 알라처럼 왜 그래?"

"그래, 방가 방가, 근데 웬일?"

"손님이 왔으면 차라도 한 잔 내놔야지."

"무슨 차?"

"요즘 우유 마신다는 소문이 자자하던데 그거 한 잔 줘 봐."

"……"

"그래, 됐고. 지난번 회의 때 얘기 말이야. 나도 100퍼 동감한다."

"고맙네, 근데?"

"사실은 나 진작부터 소설 동물농장 이야기 알고 있어."

"헐."

"그래서 혼자 고민하고 있던 참인데, 잘 됐다. 글구, 너네 개들끼리 다 해 먹겠다면 우리 돼지들이 가만히 있겠냐?"

"아니야, 그러잖아도 피코 널 찾아가려고 했어. 네가 더 빨랐을 뿐이야."

"그렇다 치고, 구체적인 계획 좀 들어보자."

도사는 그동안 생각했던 쿠데타 계획의 대강을 간단하게 이야기해 주었습니다.

그리고는 앞으로 함께 거사를 모의하자고 권유했습니다.

"오키, 그러자."

농장은 진도가 들어온 후 어리거나 젊은 녀석들부터 '요즘 애들'이 쓰는 신조어가 유행했습니다.

나이 든 동물들도 '꼰대' 소리가 듣기 싫어서 신조어를 열심히 익히고 있었습니다.

3. 동물농장의 보스가 된 썬스타의 반란

　개와 돼지 대표 몇 마리가 모여 몇 차례 토론을 거쳐 실행계획을 짰습니다. 그리고 반란이 성공하기 위해서는 강력한 리더가 필요하다는 데 의견일치를 보았습니다.

그래서 먼저 '포스'를 갖춘 강력한 보스를 선출하고, 그에게 전권을 주어 일사불란 행동하기로 약속했습니다.

보스는 이곳 모든 동물의 전원 투표에서 가장 많은 표를 얻는 녀석을 뽑기로 했습니다. 누구든지 후보자로 출마할 수 있고, 평등의 원칙에 따라 병아리 등 갓난아기에게까지 투표권을 주기로 했습니다. 아기들의 투표권은 그 부모가 대행키로 했습니다.

선거를 통해 보스를 뽑고, 그의 주도하에 반란이나 쿠데타가 아닌 혁명을 통해 주인 방씨 아가씨를 쫓아내기로 한 것입니다.

그러고 나면 명실상부 '동물을 위한, 동물에 의한 동물농장'이 건설된다는 뭐 그런 거였습니다. 이러한 결정을 다음번 전체 동물 회의에서 공표했습니다.

그러자 파랑 개들이 반대하고 나섰습니다.

'전국의 동물농장 가운데 이곳 방씨 농장만큼 복지시설이 좋은 데가 어디 있느냐'는 것이었습니다.

또한, 전 주인 방 씨나 지금의 주인 아가씨만큼 사육동물 대접을 잘해주는 인간이 없지 않냐며 반박했습니다.

"아직도 노예근성과 동물 근성에서 못 벗어났군. 인간은 예부터 우리 동물의 적이야."

"아니거든. 예부터 함께 살아왔거든."

"미친 소리 작작해."

"네가 너무 오버한 거야."

"인간은 적이야, 결코 아군이 될 수 없어. 그들은 동물이 아니야."

"맞아 동물이 아니야. 우리 동물은 결코 인간을 이길 수 없어."

"헛소리 말고, 결정된 거니까 억울하면 너희도 출마해서 대표가 되면 될 거 아냐?"

"정 그렇다면 한 판 붙어보자."

이렇게 해서 결국 투표에 참여키로 했습니다. 빨강 개 쪽에서 도사가, 파랑 개에서는 '한표'가, 돼지를 대표해서는 피코가 각각 출사표를 던졌습니다. 기타 닭을 대표한다거나 토끼 등도 출마했지만 그건 장난에 불과할 뿐이었습니다.

여기서 드디어 썬스타가 등장하게 됩니다.

'도사'는 출마를 결정한 뒤 회의를 거쳐 이름을 '썬스타'로 바꾸기로 했습니다.

처음에는 문스타(Moon & Star)로 정했습니다. 글자 그대로 달과 별을 뜻합니다. 어두운 밤을 밝혀주는 '달과 빛나는 별이 되어' 동물들을 위해 희생하겠다는 뜻임을 강조하기로 한 것입니다.

이 아이디어는 사탁으로부터 나온 것인데, 숨겨진 진실은 그와 정반대였습니다. 즉, 문(Moon: 달)은 썬(Sun: 태양)의 반대 개념으로 밤을 뜻하지만, 스타는 별을 의미하는 것이 아니라 스탈린(Stalin)의 스타에서 따온 것입니다.

말하자면 '밤의 독재자, 어둠의 독재자'란 것인데, 포장만 그럴듯하게 바꿔 설명한 것입니다. 언제나 음흉한 웃음을 짓는 그놈에게 딱 어울리는 이름인 것 같습니다.

실실 웃는 웃음 뒤에 비수를 숨겨 두고 있다가, 기회가 오면 품고 있던 칼날을 누구에게든 던질 수 있는 그런 놈이었습니다. 독사를 물어 죽인 독한 녀석이기도 하니까요.

그런데 뒤에 이를 썬스타(Sun & Star)로 바꿨습니다.

문스타(Moon & Star)는 달과 별, 모두 어두운 밤을 나타냅니다. 때문에, 낮에는 태양처럼 밝고 따뜻하고 밤에는 별처럼 빛나는 지도자의 이미지를 갖기 위하여 달 대신 태양으로 바꿔치기 가면을 씌운 것입니다. 우둔한 동물들 속여 먹기에는 그만인 이름이었습니다.

여기서 잠깐, 한 말씀 드리고 나가겠습니다.

빨강 개 실세들이 썬스타를 대표로 뽑아 쿠데타를 일으킨 후 개통령을 만들기로 의견을 모은 것은 각자 나름대로 엉큼한 속셈이 있었기 때문입니다.

들어 온 돌인 '아싸' (아웃사이드) 진도는 일단 '인싸' (인사이드) 핵심 멤버들과 친해진 다음 자신도 '인싸' 가 되는 것이 첫 번째 목표. 다음에는 인싸 중 누군가를 대표로 내세우는 데 공헌한다. 최종적으로 그 누군가가 집권하면 그를 무너뜨리고 자신이 집권한다. 이러한 3단계 전략으로 썬스타를 개 대표로 선출하는데 적극 뛰어든 것입니다.

배무는 박학다식 귀족 출신의 개다 보니 권력의 맛을 진작부터 알고 있었습니다. 호시탐탐 주인을 배신하고 농장을 차지하고픈 욕망에 가득 차 있었는데, 마침 도사가 '개통령이 되겠다' 며 설치니 이번 기회에 그를 밀어준 다음 그를 단칼에 베어버리고 개통령 자리를 차지하겠다고 생각한 것이지요.

사악한 머리가 뛰어난 사탁은, 스스로도 보스보다는 참모로서 권력을 누리고 싶은 녀석이거든요. 그래서 일단 권력에 가장 가까운 놈에게 충성하고, 만일 권력자가 바뀌면 서슴없이 주인을 바꿀 그런 개념이지요.

도사는 바닥 견생을 살아온 잡초 같은 녀석이라 바지사장이 되든 실세 권력자가 되든 권좌에 앉는 것이 목표입니다. 녀석은 권력을 잡게 되면 숙청을 통해 자신의 권력을 무한 행사할 수 있음을 체험을 통해 알고 있는 무서운 녀석이지요.

결국, 이런저런 이유로 썬스타가 빨강 개를 대표해 출마가 결정된 것입니다.

파랑개 대표로 나온 한표는 이름 그대로 유권자들에게 '한표'를 부탁하는데 이름이 딱이라, 이를 알리기에 좋은 조건이었습니다.

그가 출마한 것은 농장주인이 된 다음 개통령이 되겠다는 거창한 것이 아니라, 빨강 개 일당이 동물농장을 지배하는 것을 막기 위한 순수한 생각 때문입니다.

한표는 썬스타와 달리, 어미 애비가 확실한 진돗개 수캐입니다. 명문대가 족보를 지닌 것은 아니나, 이목구비도 뚜렷할 뿐더러 진돗개 특유의 멋과 풍채를 가졌습니다. 삼각형으로 쫑긋 서 있는 귀 하며 등 위로 힘차게 올라간 꼬리 등이 이를 말해줍니다. 수캐들 사이에서도 인기지만, 많은 암캐들이 졸졸 따라붙는 그런 개입니다.

동물학자들에 따르면, 늑대의 DNA를 가장 많이 가진 개가 바로

진돗개이며 두 번째가 풍산개라고 합니다. 따라서 사냥개로서 진돗
개는 가장 뛰어난 녀석이기도 하지요. 의리도 있고요.

피코는 돼지를 포함한 몇몇 동물들에게 인기 있는 동물입니다. 워
낙 머리가 좋은데다가 이름을 거꾸로 하면 코피가 되는데, 일을 맡으
면 코피를 불사하고 열심히 하는 스타일이란 뜻입니다.

썬스타 측 선거운동 본부장을 맡은 사탁은 체계적인 선동 작전 준
비에 들어갔습니다.

먼저 앵무새를 꼬드겼습니다.

"네가 좋아하는 씨알과 말린 과일 실컷 먹게 해줄게."

"어떡하면 돼?"

"따라 해 봐. 우리 지도자는 썬스타다."

"우리 지도자는 선스다다."

"선스다가 아니고 썬스타다."

"선스다가 아니고 선스다다."

"아이 쌍."

"아이 쌍."

처음부터 다시 하자.

"우리 지도자는 썬스타다."

"우리 지도자는 썬스타다."

"옳지, 잘했어. 씨앗 먹어."

이런 식으로 훈련에 훈련을 거듭시켰습니다.

"위대한 지도자 썬스타."

"훌륭한 지도자 썬스타."

"동물농장 지도자 썬스타."

"일등 지도자 썬스타."

나중에는 썬스타 앞에 무엇을 갖다 붙여도 잘 따라 했습니다. 나아가 노랫가락을 붙여 쉽게 부를 수 있도록 훈련도 시켰습니다.

"됐어, 이제부터 모든 앵무새한테 가르쳐주고 따라 하도록 해."

"오키."

"글구, 농장에 날아다닐 때는 항상 이 노래를 불러, 알았어?"

"당근이지. 아 참, 당근도 줘. 나 당근도 좋아하거든."

"당근뿐 아니고 네가 좋아하는 것 뭐든지 마니마니 줄 수 있어."

"오키."

사탁은 다음으로 모든 동물을 찾아다니며 위원회를 만들 것을 종용했습니다.

"위원회가 뭔데?"

"젊은이들이 좋아하는 동아리와 비슷한 건데⋯⋯"

"동아리가 뭔데?"

"같은 생각을 지닌 끼리끼리 모이는 것이라면 되겠네."

"⋯⋯?"

"한 마디로 우리가 잘 먹고 잘 살기 위해서 힘을 합치는 거지."

"뭔지 몰라도 해보지 뭐."

"해 보지가 아니고 꼭 해야 돼."

"구체적으로 어떻게, 예를 들면······?"

"응, 개 복지위원회 / 돼지 자연사랑 위원회 / 새 맑은 하늘 보호 위원회 / 토끼 무공해 풀 먹기 위원회 / 말 건강증진 위원회 등등."

"그래서 어떻게 하는데?"

"이러한 위원회를 통해 우리의 요구사항을 힘으로 밀어붙여 쟁취하는 거지."

"쟁취가 뭔데?"

"싸워서 얻어내는 것."

"왜 싸워, 안 싸워도 먹을 것 충분히 받는데?"

"더 많이 받아내야지?"

"왜?"

"어휴, 답답. 모두 고답들뿐이니."

"암튼, 만들어. 글구, 담 투표에서 우리 썬스타를 지지해."

"누구 맘대로."

"내 맘이다, 왜?"

"지금까지 모두가 평등하다고 장황설을 늘어놓고는 누구한테 '이래라, 저래라' 하는 거야? 니가 나보다 더 높아? 앞뒤가 안 맞잖아."

"죽을래?"

"왜 죽어."

"까불지 말고, 따지지 말고, 시키는 대로 하는 게 몸에 좋을 거야."

"시러!"

"알았다. 그러지 말고 우리 편 되어 주라. 선거에서 썬스타만 찍어주면 무조건 달라는 대로 뭐든 다 해 줄게."

"진작 그렇게 나올 것이지."

사탁은 때로는 어르고 달래고 공감도 치고 하면서 동물들을 포섭해 나갔습니다.

반면에 파랑 개 한표 팀은 고지식한 선거운동으로 일관했습니다.

"인간과 사람은 처음부터 달라 그치?"

"물론."

"그러니까 사람은 사람, 개는 개, 돼지는 돼지, 토끼는 토끼 등 나름대로 다 다르잖아."

"말하자면 각자 자기 역할이 있고, 우리 동물은 사람의 도움이 절대적으로 필요하거든."

"옳은 말씀."

"글구, 사람은 우리 동물과 수만 년 함께 사이좋게 지내 왔잖아. 결코 적이 아니라는 거지. 안 그래?"

파랑 개 팀은 합리적이고 논리적이며 이성적인 방법으로 유권자들 설득에 나섰습니다.

"우리 주인은 참 좋은 사람이잖아? 안 그래?"

"그러니까 다음 선거에 한표에게 한 표를 줘서 그를 새로운 대장으로 뽑아 사람과 상부상조하면서 살자 이거야. 오키?"

"오키 도키. 자, 홧팅."

돼지 후보 피코는 중도를 지향했습니다.

"썬스타의 이념에도 일리가 있다. 한표의 주장도 옳다. 그러나 둘다 너무 한쪽으로 치우쳐 있다."

"그러면?"

"때로는 인간과 싸우고, 경우에 따라선 인간과 상부상조하며 우리 동물들의 실리를 챙기는 것입니다."

"듣고 보니 아주 바람직한 생각인데."

"근데 어찌 기회주의자 같은 생각도 드는데?"

"그러고 보니 그렇네. 이랬다저랬다 지도자가 그래서는 안 될 것 같은데."

"예부터 중도란 말이 쉽지 그게 현실적으로 가능키나 한가?"

"다시 생각해 보면, 중용이 젤 좋다고 하기도 하잖아."

"야, 너 참 유식하다. 중용이라는 용어도 알고."

"들은풍월이지 뭐."

"그런데도 좀 헷갈린다."

"그건 그려."

후보자 세 팀은 나름대로 선거운동에 열을 올리고 있었습니다.

처음에는 빨강 개 팀인 썬스타가 압도적 우위를 점했습니다. 시간이 지나자 '굳이 위험을 감수할 필요가 있는가?' 하는 의구심이 번져 한표와 막상막하가 되었습니다. 아무래도 중도 지향 피코는 좀 떨어지는 것 같았습니다.

그런 어느 날, 농장에 뜻하지 않은 문제가 발생했습니다. 빨강 개

두어 가족이 몰래 봄나들이를 나갔다가 사고를 당한 것입니다.

농장에는 동물들이 산 중턱을 넘지 못하도록 쭉 돌아가며 철조망이 설치되어 있었습니다. 안전을 위해서였습니다. 걸핏하면 야생 멧돼지들이 농장까지 들어와 염소나 닭들을 물어 죽이고 잡아먹기 때문에 이를 방지하기 위한 것입니다. 그리고 철조망 너머로는 멧돼지를 잡기 위한 쇠줄 올가미를 여러 군데 설치해 두었습니다.

몰래 나들이 나간 개 가족이 철조망을 넘어 산꼭대기까지 놀러 가다가, 아차, 이 쇠 올무에 걸린 것입니다.

개들의 비명에 놀란 경비들이 엽총을 들고 쫓아갔습니다. 혹시 멧돼지한테 잡혔나 하고 놀란 것입니다. 보니 올가미에 걸린 개들이 피투성이가 되어 있었습니다.

다리가 잘린 놈이며, 어떤 녀석은 주둥이가 끼었고, 한마디로 처참한 꼴로 죽어가고 있었습니다.

경비원들은 죽음의 고통을 조금이라도 덜어주자는 마음에서 엽총으로 사살했습니다.

예전 같으면 그것으로 끝날 일이었는데, 이걸 두고 빨강 개들이 들고 일어난 것입니다. 선거에 이용하기로 한 것입니다.

"살릴 수 있는 목숨인데 그럴 수 있느냐?"

"개에게도 개권이 있다. 살려내라."

"몰래 소풍 간 것이 아니라 주인이 일부러 쫓아내서 고의로 죽인 것이다."

"올무에 걸린 것이 아니라 멀쩡한 놈을 죽여 놓고 올가미를 씌웠다."

"진상을 밝혀라."

"개 두 가족이 죽은 것이 아니라 네 가족을 죽였다."

"인간은 우리의 적임이 만천하에 드러났다."

썬스타 일당은 죽은 개들을 위로하자며 모든 동물에게 노란 잎을 하나씩 몸에 지니도록 하자고 제안했습니다.

머리에 꽂거나 입에 물거나, 발가락 사이에 끼거나, 어떻게든 하나씩 갖고 다니며 억울하게 죽은 영혼을 위로하자고 한 것입니다.

동물들은 '그 정도야 해줄 수 있지 뭐' 하며 그 말에 따랐습니다. 털이 긴 개나 양들은 그것을 쉽게 머리에 꽂았습니다. 털이 거의 없는 돼지는 코에 박았으나 재채기를 하는 바람에 하루에 열두 번도 더 바꿔 끼느라 불편이 이만저만이 아니었습니다.

반면, 새나 닭은 깃털 속에 넣으니 쉽게 지닐 수 있었습니다. 그러나 하루 이틀도 아니고 계속하자니 불편한 데다, 식사 전후 등 매사에 그들을 위한 추모 묵념을 하자는 바람에 불만이 많아졌습니다.

"아니, 저들이 금지 구역에 놀러 갔다가 죽은 걸 두고 웬 호들갑이람."

"진상조사는 얼어 죽을. 놀러 가다 죽은 놈이 뭐 영웅이나 된다고."

"웃기는 자장면 같은 소리 집어치워."

"난 이 시간부터 노랑 잎 없앴다."

"나두야."

"나두."

"나도."

이러는 와중에 선거일이 다가왔습니다.

막바지 유세에 후보들은 하루해가 짧았습니다.

빨강 개 썬스타 팀은 앵무새를 활용한 선거전에 힘을 쏟았습니다. 죽은 개들에게 애통함을 풀어주자며 눈물로 호소하는 거짓 쇼도 부지런히 펼쳤습니다.

한편으로는 투표권을 가장 많이 가진 닭들을 포섭하기로 계획했습니다. 뜻대로 되지 않자 인기 있는 수탉 한 마리를 여러 암탉이 보는 앞에서 무자비하게 물어 죽였습니다.

"우리 팀 썬스타를 찍지 않으면 누구든지 이렇게 될 줄 알아. 그리고 오늘 일을 누구한테든 발설하면 너희들 다 찢어 죽일 테니 입 꼭 다물고 있어."

처음 병아리에게도 투표권을 주자고 한 게 바로 썬스타 측의 꼼수였습니다. 바로 이렇게 암탉들을 공갈쳐서 병아리 표까지 몰표를 얻을 수 있다는 계산을 한 것입니다.

원래 생각이 없는 닭대가리라 어쩔 수 없기도 했지만, 자식을 죽인다는 데 이를 거부할 어미가 없음을 개들이 알고 악질적인 방법을 쓴 것입니다. 이러한 공갈 협박에 닭들은 무조건 썬스타 편이 되겠다고 말했습니다.

한표는 어디까지나 일편단심 양심과 상식에 호소하는 고지식한 선거운동 방식을 계속 이어갔습니다.

피코는 계속 이리저리 눈치 보는 선거전략을 수정 없이 계속했습니다.

드디어 선거 날이 왔습니다. 투표장은 빈 헛간에 마련되었습니다. 그리고 후보자 그림이 그려진 커다란 빈 통 6개가 준비되었습니다. 후보자 빅3 외에 토끼 등 군소후보 셋이 더 있었기 때문입니다.

투표는 유권자당 1개씩 주어진 1센티 길이의 조그만 막대기 -빨강 색 표시가 된- 를 자신이 지지하는 통 속에 넣는 것이었습니다.

빨강 색은 특정 후보를 나타내는 것이란 반대가 있었지만, 다른 막대기와 구분되어 가짜 표를 방지하는데 가장 현실적이라는 수상에 그냥 넘어갔습니다.

투표는 일과가 끝난 뒤 사람들이 퇴근한 직후부터 시작되었습니다. 밤늦게까지 개표가 이어졌습니다. 다음 날 개표하게 되면 바꿔치기 등 부정이 이뤄질 수 있으므로 그날 밤 안에 마무리하기로 한 것입니다.

투표 통을 쏟았습니다. 썬스타 측은 압도적인 지지로 무난하게 당선될 것으로 여겼습니다. 왜냐하면, 병아리에게도 투표권이 차등 없이 주어졌고, 투표권이 가장 많은 닭을 자신들의 편으로 만들었기 때문입니다.

그러나 결과는 꼭 그렇지는 않았습니다.

개표 결과, 썬스타가 44.4%, 한표가 33.3%, 피코가 11.1%, 그리고 나머지 11.2%는 군소후보나 사표로 집계되었습니다.

썬스타가 당선되기는 했으나 압도적이지 못했던 것은 역시 닭대가리 때문이었습니다.

투표장에 들어갈 때까지만 해도 그에게 표를 던진다 생각해 놓고 깜빡해서 옆 통에 넣은 것입니다.

투표 통 앞에 그려진 후보자의 그림을 보는 순간 암탉은 썬스타보다 옆 통의 한표 얼굴이 더 멋져 보였던 것입니다.

"와우, 멋져부러, 완존 짐승남이네!"

그러면서 병아리 표까지 합친 열 개의 막대기를 그의 통에 던져버렸던 것입니다.

뒤따라 들어온 암탉도 앞 팀 가족을 따라 '와우, 저 녀석 멋져부러' 하면서 따라 하는 바람에 표가 분산된 것입니다.

암튼, 그럼에도 불구하고 보스에 썬스타가 당선되었습니다.

"우리의 지도자로 썬스타가 당선되었음을 선포합니다."

"앞으로 우리 동물들의 행복과 평등을 위해 이 한 몸 다 바쳐 열심히 일할 것을 맹세합니다. 감사합니다. 우리 동물 동무 여러분."

"짝짝짝. 훗팅. 동물 만세. 썬스타 만세"

"오늘은 우리 동물농장의 새로운 날의 시작일 뿐입니다. 선거공약에서 말씀드렸듯이, 앞으로 주인이라는 인간을 쫓아내고 명실상부 우리들의 동물농장이 되기 위해서는 여러분의 적극적인 호응과 지원 그리고 희생이 절대적으로 필요합니다."

"썬스타 만세. 썬스타 만세……"

다음 날부터 썬스타 일당은 주인인 방씨 아가씨를 몰아낼 구체적 계책 수립에 들어갔습니다.

"뭐든 생각나는 대로 얘기해 봅시다."

"아이디어 뱅크 사탁, 뭐 좋은 생각 좀 꺼내 봐."

"물론 그동안 여러 가지 방안을 찾아봤고 시뮬레이션도 해 봤습니다만 그러나 그건 저 혼자의 생각이었고, 다른 동물들과 더 좋은 아이디어를 함께 찾아보는 게 좋을 것 같습니다."

"어떤 경우든 문제는 주인 아가씨 옆을 지키는 배무가 아닐까 합니다."

"그건 염려 놓으셔도 됩니다. 저 썬스타가 해결하겠습니다."

"어떻게?"

"구체적 방법은 여기서 밝힐 수 없음을 양해 바랍니다."

"암튼 배무가 우리 편이 되어 줘야만 반란이든 쿠데타든 혁명이든 성공할 수 있습니다."

"그건 염려 말라니까요."

파랑 개 배무와 빨강 개 썬스타는 전혀 다른 개입니다.

배무는 이 농장에 있는 모든 개 가운데 가장 좋은 족보를 가진 세퍼드로 훈련도 받은 부잣집에서만 자란 녀석임에 반해, 썬스타는 말씀드린 대로 태생부터가 잡종인 천박한 출신입니다.

인간으로 비유하자면 앞의 녀석은 보수적 이념을 지닌 자본주의 자유 시장주의에 물든 부잣집 녀석이고, 뒤의 녀석은 흙수저로 급진 좌파 진보 이념을 지닌 놈이라 할 수 있을 것 같습니다.

그동안 몇 차례 비디오 동물농장을 함께 빌려보고 했으나 능구렁이 같은 배무의 진짜 속마음을 알 수 없다고 여기는 썬스타였습니다.

이런저런 이야기를 해보고 굴러 봐도 어울리지 않는, 도저히 함께 손잡을 수 없다는 걸 둘 다 스스로가 알고 있었습니다.

그러나 썬스타는, 배무가 모든 면에서 자신과 너무나 다르지만 딱한 가지 같은 점이 있다는 걸 발견했습니다.

바로 권력 지향적이란 것이었습니다.

'권력을 얻을 수만 있다면 주인을 열두 번도 더 배신할 수 있는 녀석'임을 알아차린 것입니다.

그래서 제안했고, 약속했고, 일이 성공할 때까지 비밀로 하기로 한것입니다.

반란이 성공해서 완전한 동물농장이 이뤄지면 동물 공화국 내각에서 배무에게 '총리' 자리를 주기로 약속한 것입니다.

물론 썬스타 자신은 '개통령'에 취임하는 것이고,

배무는 속으로 그랬습니다. '흥, 네가 개통령이 되기만 해라, 이 무식한 개새끼야. 얼마 안 가 그 자리는 내꺼니까'라며 묵시적 지원을 약속했던 것입니다.

구체적 실행계획까지 완성한 이들은 D-Day를 6월 6일 오전 6시로 잡았습니다.

이날은 주인 방씨 아가씨가 아버지를 추모하기 위해 아침 일찍 현충원으로 가는데, 그 순간 아예 쫓아내기로 한 것입니다.

마침내 D-Day 아침.

그녀의 승용차 운전기사는 현관 앞에서 시동을 켜 둔 채 아가씨를 기다리고 있었습니다.

검은 치마에 하얀 저고리를 입고 옅은 화장을 마친 아가씨가 현관문을 나섰습니다. 순간 보디가드 배무가 갑자기 달려들었습니다.

순간 주위에는 수많은 빨간 개들과 돼지 및 염소들이 들이닥쳤고 닭들까지 합세하는 바람에 아수라장이 되었습니다.

배무는 주인아씨의 치마를 물어뜯어 속살이 다 나오게 했고, 놀란 그녀는 황급히 열려있는 승용차 속으로 뛰어들었습니다.

운전기사도 정신없이 차를 몰고 문밖으로 내달았습니다.

이날은 공휴일이라 근무자가 몇 명 없었습니다.

이들도 성난 개와 돼지들이 덤비는 바람에 모두가 혼비백산 달아나기에 바빴습니다. 나 라구라는 썬스타 일당에 끌려가 철문을 굳게 걸어 잠갔습니다.

반란은 거짓말처럼 순식간에 이뤄졌습니다.

이제 농장에는 사람이라곤 나, 라구라 하나밖에 남지 않았습니다.

"와 만세, 만세, 썬스타 만세."

"와우, 동물농장 만세, 우리 썬스타 만세."

4. 썬스타 개통령과 우리의 맹세

이들의 반란이 성공적으로 이뤄진 이튿날입니다.

사탁이 모든 동물을 불러 모았습니다.

　"인간을 쫓아내고 명실상부한 동물농장을 만들어 낸 썬스타를 이제 동물 공화국의 '개통령'으로 추대합시다. 어떻습니까, 여러분!"

"와, 와, 옳소, 좋습니다. 박수로 환영합시다."

"이제 썬스타 개통령의 말씀이 있겠습니다."

"우리의 혁명은 여러분들의 적극적인 협력에 힘입어 성공적으로 이뤄졌습니다. 그러나 본격적인 혁명, 진짜 혁명은 지금부터입니다."

개통령은 이날부터 사흘간 농장 내 식량창고를 모두 열어 모든 동물이 맘껏 먹고, 마시고, 춤추며, 놀 것을 선포했습니다.

"과연 썬스타야."

"혁명하길 잘했네."

"와, 얼마만의 포식이야, 배 터지게 먹어야지."

"먹다 죽은 귀신이 때깔도 좋다는데……"

"암암, 먹는 즐거움이 최고지."

모든 동물은 하나같이 신이 났습니다.

이후 썬 개통령과 나 라구라는 새로운 노동계약서를 작성했습니다. 계약서 내용은 다음과 같습니다.

노 동 계 약 서

1. 동물농장 주인 개통령 썬스타를 '갑'이라 하고, 근로자 라구라를 '을'이라 칭한다.

2. 을은 갑의 지시에 절대복종하며, 일정한 노동을 제공하고 그에 상응한 보수를 받는다.

3. 을의 임금은 이 나라 인간 근로자 평균임금의 300%를 지급한다.

4. 4대 보험을 보장하고 보너스는 성과에 따른다.

5. 을은 농장 내 숙소 −전에 운전사가 사용하던 건물− 에 거주한다.

6. 외출은 일절 금지한다. 가족 면회는 월 1회 숙소 내에서 허용하되 다른 동물들에게는 비밀로 한다.

7. 을은 핸드폰을 사용할 수 없다.

8. 갑의 허가 없이 인간과의 접촉이나 통화 등을 금한다.

9. 인간과의 거래가 필요할 때는 갑의 허가를 받아 진행한다.

10. 계약서 내용은 절대 외부로 유출되어서는 안 된다.

11. 계약서에 없는 사항은 무조건 갑의 지시에 따른다.

21××년 ×월 ×일

갑: 썬스타: 서명

을: 라구라: 서명

개가 '갑' 이 되고 사람이 '을' 이 된 이런 노동계약서는 아마도 지구상에 하나밖에 없을 것입니다.

암튼 노동계약서치고는 참으로 어이없는 내용입니다.

나는 노동부나 인권위원회에 제소하고 싶었지만, 자칫 이상한 행동을 하게 되면 그림자처럼 붙어 감시하고 있는 불독에게 피 박살이 나므로 꼼짝없이 서명할 수밖에 없었습니다.

오른손 엄지손가락을 인주에 찍어 서명을 대신했고, 썬스타도 오른발 첫째 발가락을 인주에 묻혀 날인 했습니다.

그러면서 속으로 생각했습니다.

"까짓것들이, 길어야 며칠이나 버티겠냐. 글쎄 아무리 발버둥 친들 몇 달이겠지."

'한동안 옛날 주인도 몰래, 새 주인 개통령도 모르게, 최대한 삥땅이나 치지 뭐.' 라는 게 진심이었는지도 모릅니다.

한 가지, 속으로 웃은 건 급료였습니다.

근로자의 평균임금의 3배를 주겠다는데 선선히 동의한 건 나름대로 계산이 있어서입니다. 임금이 세 배 오른 것도 있지만, 까짓 놈들 아무리 설쳐봐야 개는 개잖아, 인간의 머리를 저들이 당해낼 수 있냐, 언젠가 인간과 거래할 경우, 녀석들 몰래 그들과 짜고 '뒷돈'을 왕창 뜯은들 지들이 어떻게 알아?

또 운전기사 숙소는 주인 저택과 경비실 사이에 있는데, 혼자 지내기에는 충분한 공간이었습니다.

그리고 그동안 그가 쓰던 각종 전자기기와 집기들을 요령껏 사용하면 옆에 껌딱지처럼 붙어있는 불독도 모를 거니까, 하는 생각에 모른 척 그냥 받아들이기로 했습니다. TV를 보면서 도중에 슬쩍 PC를 통해 바깥세상과 연락할 수도 있고, 월 1회 가족과 만날 때 뭐든 할 수 있을 테니 말입니다.

노동계약서에 서명한 뒤 첫 번째 과제를 받았습니다.

"'방씨 동물농장'이란 간판을 떼고 '썬스타 동물농장'으로 바꿔 달 것"이었습니다.

빨간 페인트로 '썬스타 동물농장'이라 쓰고, 그와 비슷한 풍산개

그림을 넣은 새 간판을 만들었습니다. 녀석은 지극히 만족한 웃음을 지었습니다.

망치와 못을 들고 나가 문 옆 기둥에 붙어있는 '방씨' 간판을 뗐는데 '이래도 되는 건가?' 하는 비굴함과 약간의 미안함이 교차했습니다. 그리고는 '썬스타' 간판을 달았는데, 한숨이 나왔습니다.

이제 명실상부 개가 운영하는 동물농장이 되었고, 난 꼼짝없이 개의 부하 직원이 되었습니다.

사흘간의 놀고먹는 잔치가 끝났습니다. 개통령 썬스타는 '우리의 맹세' 라는 6개 항목으로 된 새로운 강령을 선포하고, 창고 담벼락에 커다란 글씨로 써 붙였습니다.

우리의 맹세는 다음과 같았습니다.

하나: 인간과 두 발 짐승은 우리의 적이다.

둘: 네 발 짐승과 날개를 가진 모든 동물은 우리의 동무다.

셋: 모든 동물은 평등하다.

넷: 어떤 동물도 다른 동물을 죽일 수 없다.

다섯: 어떤 동물도 사람의 흉내를 내서는 안 된다.

　○ 옷을 입을 수 없다.

　○ 치장을 할 수 없다.

　○ 침대에서 잘 수 없다.

　○ 술을 마실 수 없다.

여섯: 이를 어길 경우, 엄중한 자아비판을 받는다.

특히 다섯 번째 항목인 사람과 관련한 것을 위반하면 '적폐청산 대상'으로 결코 용서받지 못할 것이라고 강조했습니다.

여기서 키워드는 적폐청산과 평등입니다. 조지 오웰의 소설 동물 농장에 나오는 일곱 계명을 그대로 흉내 낸 것입니다. 단지 용어를 조금 달리하고 적폐청산을 덧붙이고 순서를 바꿨을 뿐입니다.

썬스타 동물농장은 나 라구라가 생각했던 것과 달리 며칠 만에 끝 장나기는커녕 몇 달을 거뜬하게 이어갔습니다.

나는 여기서 참으로 부끄럽고 창피함을 넘어 굴욕도, 이런 수모도 없었음을 고백합니다. 인간으로서의 쫀심이라고는 다 버린 굴욕과 치욕과 수모를 받아들일 수밖에 없었던 이야기지만 말입니다.

반란이 일어난 날, 그들 일당은 나에게 개 목걸이를 채웠습니다. 사람이 개에게 목걸이를 채워 데리고 다니는 게 아니라, 거꾸로 개 목걸이를 찬 사람이 개에게 끌려 다니는 모습, 상상이나 될 일입니 까? 이게 현실적으로 말입니다.

기가 찹니다. 그런데 어떡합니까. 살아야 하잖아요. 그래서 기회를 봐야 할 것 아닙니까.

그리고 이튿날 노동계약서를 작성할 때, 타협했습니다. 개 목걸이는 '죽으면 죽었지 더 이상 못 한다' 며 대들었습니다.

"죽을래?"

"그래 죽여라, 그럼 니네들 인간과 거래할 때마다 어떡할 건데?"

그래서 타협한 것이 개 목걸이 대신 전자발찌를 차게 됐습니다. 그 끝은 감시견이 허리에 감고 있어서 혼자서 맘대로 움츠리고 뛰고 자시고 할 수가 없었습니다. 기가 찹고 환장할 것만 같았습니다.

그런데도 하루가 지나고 이틀이 지나고 일주일이라는 시간이 흘러가자 그러한 틀 속에 익숙해져서 적응해 가고 있었습니다.

나도 그렇지만, 그리고 세상은 참으로 이상하게 굴러갔습니다.

나중 이야기이지만, 전 농장주인 방 씨가 농장 일부로 조성해 둔 과수원이 엉뚱하게도 동물들이 자체적으로 동물농장을 운영하는 데 결정적인 도움을 준 꼴이 된 것입니다.

그는 악산이라 목재가 될 만한 나무가 자랄 수 없는 곳에 잡목을 베어내고 밤나무로 대체했습니다.

조금 아래 양지바른 곳에는 사과, 복숭아, 대추나무를, 그리고 틈새에는 무화과를 심었습니다. 그리고 자투리땅 곳곳에 호박이며 감자와 고구마 등을 빼곡하게 파묻어 두었습니다.

썬개의 반란으로 완전한 동물 천지가 된 농장은 그해 겨울이 오기 전까지는 전보다 먹을거리가 오히려 더 풍부했습니다.

거기다 방 씨 아가씨가 장마를 대비해서 많은 양의 건초와 사료 등을 준비해 둔 덕에, 동물들은 사람의 통제 없이 충분한 양을 먹을 수 있었기 때문입니다.

더해서 가을이 되자 밤, 사과, 대추, 무화과 등 각종 유실수에서 수확한 과일들을 내다 팔지 않고 동물들의 차지가 되었으므로 포식할 수 있었습니다.

무화과는 남녘에서 자라는 과수라 이곳에서는 열매가 작고 그나마 쭈그려 들었지만, 당분 등은 풍부해서 모든 동물에게 특히 인기가 있었습니다.

우유는 사료에 섞어 먹거나 그냥 빨아 먹는 재미로 역시 인기 식품이 되었습니다.

또한 과일뿐 아니라 감자 고구마 등 간식거리도 넘쳐나게 많았습니다.

동물들은 행복했습니다. 참으로 만족했습니다.

'진작 사람을 쫓아낼 걸 그랬잖아. 썬스타는 영웅임에 틀림없어.'

동물들은 하나같이 그를 존경하고 따랐습니다.

완전한 동물농장이 되고 나서 두어 달 지난 늦여름, 한 번의 위기가 있었습니다.

쫓겨난 방 아씨가 전에 데리고 있던 일꾼들을 모아 반격해 왔었습니다. 그러나 썬개통령이 이에 대비해 철저한 준비를 한 덕분에 무사히 넘길 수 있었습니다.

그들 일당은 농장을 접수하자마자 사람의 반격에 대비했습니다.

앵무새를 포함한 각종 새는 사람들이 몰려오면 머리에 똥을 싸서 그들이 잠시나마 혼란에 빠지도록 했습니다.

사람들이 문으로 밀고 들어오면 1차로 개들이 다리를 물어뜯기로 했고, 1차 저지선이 뚫리면 돼지들이 돌진하기로 했습니다.

이어서 말들이 뒷발차기로 한두 명을 쓰러뜨리면 인간들은 혼비백산 달아날 것으로 작전을 세웠습니다.

이러한 계획은 한 치의 오차도 없이 실행됐고, 농장은 언제 그런 일이 있었느냐는 듯이 조용해졌습니다.

이러한 행동계획은 소설 동물농장에 나오는 수법을 거의 그대로 옮겨와 써먹은 것입니다.

사실 여기서 나 라구라는 양심에 꺼리는 짓을 한 번 더해서 이제 고백하지 않을 수 없어 털어놓습니다.

먼저, 주인인 방씨 아가씨가 반격해 오던 날, 나는 아가씨 편을 들지 않고 제3자인 양 그냥 가만히 지켜보고만 있었습니다. 그렇다고 개들 편에 서서 사람을 해치는 짓도 하지 않았지만.

엄격히 말하면 난 개통령 편에 서서 개들이 이기기를 바라고 있었는지 모릅니다.

썬스타와 내가 노동계약서를 작성한 다음 며칠 지나지 않아 그는 나를 찾아왔습니다.

"하이, 잘 지내?"

"갑자기 웬 하이?"

"오늘 부탁이 있어 찾아왔어."

"부탁은 무슨? 주인 나리께서 하명만 하시면 되지."

"삐딱하게 굴지 말고 얘기 잘 들어봐."

그의 이야긴즉, 앞으로 나를 제외하고는 인간들 하나 없이 농장을 꾸려 나가자면 힘깨나 쓸 수 있는 말과 일꾼 소가 많이 필요하니 적극 협조해 달라는 거였습니다.

그나마 단체를 이끄는 보스라, 농장 운영에 고민을 많이 한 모양이었습니다.

"종마, 저놈 말이야, 힘은 못 쓰지만, 족보가 있는 녀석이라 꽤 비싸잖아. 저걸 보통 말과 소로 바꾸면 얼마나 받을 수 있을까?"

"글쎄, 낸들 알겠냐마는 몇 마리 정도와는 맞바꿀 수 있겠지."

"야, 뻥 치지 말고 제대로 거래해 봐."

"그럼 니가 직접 해."

"죽을래?"

"알았어. 최대한 네고해 볼 테니 대신 토를 달지 마."

"알았어. 글구, 이건 너와 나 둘만의 비밀이다."

개들의 반란이 있고 나서부터 나도 저 비싼 종마와 경주마를 팔아먹는 방법이 없을까 생각 중이었는데, 그가 먼저 요청해 왔으니 '호박이 넝쿨 채 굴러온다' 싶었습니다. 사실 종마는 기본이 1백만 달러, 우리 돈으로 10억 원이 넘는다. 언젠가 마사회가 수입한 '한센' 종마 한 마리를 무려 36억 원이나 터무니없이 비싸게 사 온 것이 들통 나서 문제가 되기도 했었다. 4억 원짜리 국산 종마 새끼보다 실력이 모자랐기 때문이었다. 방씨 농장의 종마는 '호크윙'이라는 최고 품종의 말이라, 그 값이 300만 달러(30억 이상)가 넘는 것이었습니다.

그리고 보통 수레를 끄는 말은 5백만 원 안팎이며, 황소도 1천만 원 정도입니다.

경주마는 국산의 경우 5천만 원에서 1억 원 안팎, 수입 말도 1억 원 대가 주를 이루고 있었습니다.

나는 '대박' 기회를 놓칠 수가 없었습니다. 인간의 사악함이 동물을 능가함을 보여 주기로 했습니다.

경주마 브로커들을 만나 논의한 결과, 그들 또한 한몫을 잡고자 값을 후려쳤습니다.

난 최소 10억 원을 요구했고, 그들은 장물 거래에 따른 위험을 감수해야 하므로 5억 원 이상을 줄 수 없다고 우겼습니다.

결국 시가의 20%에 불과한 7억 원에 타협했습니다.

그 중 8천만 원으로 보통 수말 5마리와 황소 5마리를 구입했습니다. 경비원 10년 연봉이 넘는 6억 2천만 원을 한 번에 삥으로 벌었습니다.

이 판에 내가 누구 편에 서겠습니까? 자칫 인간 편에 섰다가 그녀가 이겨 이 사실이 들통나면 난 어떻게 되겠습니까?

속으로 '썬스타 이겨라'를 외치며 중립을 지키고, 덕분에 하루아침에 6억 원이 넘는 거금을 벌었지 뭡니까.

이후 그는 경주마를 팔아 비자금을 만들어 달라고 해서, 이것도 반을 떼먹고 처분했습니다.

그의 비자금이란 부하들을 달래기 위한 육포라든가, 마른 생선, 치즈와 과일, 그리고 별미 사료 등으로 별도의 창고에 가득 보관해 주었습니다.

썬스타는 그러나 한 마리 남은 마술마장 경기마는 그대로 두기로 했습니다. 그 이유는, 온순해서 말을 잘 듣는데다가, 온갖 재롱으로 다른 동물을 슬겁게 해주는 기쁨조 역할을 마다하지 않아 모두의 사랑을 받고 있었기 때문입니다.

이런 거래로 그와 상호신뢰가 쌓였고, 얼마 지나지 않아 나는 전자 발찌의 구속에서도 벗어났습니다.

그러자 사람 사는 것 같았습니다.

5. 천출에서 명문가 '항일 백치혈통'으로 둔갑한 썬개통령

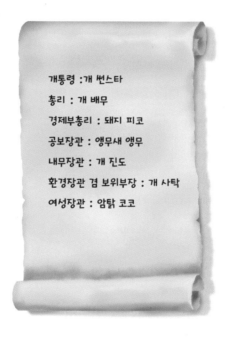

개통령 : 개 썬스타
총리 : 개 배무
경제부총리 : 돼지 피코
공보장관 : 앵무새 앵무
내무장관 : 개 진도
환경장관 겸 보위부장 : 개 사탁
여성장관 : 암탉 코코

완전한 동물농장이 된 후 사흘간의 축하 파티가 끝나자, 썬개통령
은 "우리 농장은 단순한 동물농장이 아니라 '썬스타 동물 인민 민주
평등공화국 농장'"임을 선포했습니다.

명칭에 사람을 의미하는 '인민'을 넣을 것인가를 두고 갑론을박 끝에, 넣기로 했습니다. 이유는, 공화국인 이상 구성원은 국민이나 백성 또는 인민으로 불리게 됩니다. 사람을 증오하는 마당에 굳이 사람 '인(人)'자를 넣을 필요가 있느냐는 반대가 있었습니다. 그러나 어차피 국민이나 백성 등으로 불러야 한다면 그보다는 인민이라는 용어가 훨씬 더 사회주의 공화국다운 다정한 용어라는데 의견을 모았습니다.

그리고는 동물 내각을 구성하고 각료들을 임명했습니다.

다음은 각료명단입니다.
개통령 : 개 썬스타.
총리 : 개 배무.
경제부총리 : 돼지 피코.
공보장관 : 앵무새 앵무.
내무장관 : 개 진도.
환경장관 겸 보위부장 : 개 사탁.
여성장관 : 암탉 코코.

반란에 적극적으로 동참한 공로자들에게 장관급 한 자리씩 하사했습니다. 사탁에게는 환경장관과는 어울리지 않는 보위부장을 겸직하도록 특별 배려했습니다. 환경장관은 사회주의 지향 동물농장에서 실세 장관임을 나타내는 상징적 직책이기도 합니다.

내각을 구성한 다음 날 썬스타는 빨간 개와 파랑 개의 축사를 바꿀 것을 명령했습니다. 이유는 파란 축사가 여러 가지 환경이 훨씬 좋았습니다. 슬레이트 지붕인데다 여러 시설이 빨간 축사와는 비교가 되지 않았습니다.

평등한 우리 농장에서 한쪽만 좋은 걸 가진다는 건 말이 안 된다, 따라서 바꿔 사용하는 것이 평등의 원칙에 맞다는 것이었습니다. 꼼짝없이 파랑 개는 좋은 축사에서 쫓겨났습니다. 느닷없이 하루아침에 빨간 개가 된 파란 개들이지만 어쩔 수가 없었습니다.

개통령의 인기가 하늘을 찌르는 마당에, 그리고 평등하게 살자는 주장에, 반기를 든다거나 불평이 통할 분위기가 아니었습니다.

내각을 구성한 얼마 뒤, 썬개통령은 자신의 심복들인 내무장관 진도, 보위부장 사탁, 여성장관 코코, 그리고 공보장관 앵무 등을 불렀습니다. 방씨 주인이 사용하던 하얀 집 거실에 모인 그들은 그들만의 비공식 각료회의를 열었습니다.

"여러분의 적극적인 도움으로 우리 동물 공화국 농장은 나날이 발전하고 모든 인민이 행복해하고 있소."

"그게 다 각하의 영도력 덕분이지요."

"고마운 말씀이고. 그래서 말인데, 초기에 확실하게 우리의 권력을 강화해야 하지 않겠소?"

"그렇습니다. 그런데 어떻게?"

"왜, 볕 들 때 건초를 말리라고 하지 않았습니까. 그러니……"

"예, 알고 있습니다. 쇠는 달궈졌을 때 치라는 말도 있지요."

"그럼요. 물 들어왔을 때 노 저으라는……"

"이해해 줘서 고맙소. 그럼 각자 좋은 의견 있으면 논의해 봅시다."

언제나 그렇지만, 권력 초반의 인기는 시간이 지나면서 차츰 줄어들기 마련. 때문에, 인기가 올라가고 있는 동안 썬스타의 우상화를 확실하게 밀어붙여야 한다는 데 의견을 같이했습니다.

기회에 썬스타의 출생 과정을 조작해서 '명문가 혈통'의 주인공으로 족보를 새로 만들기로 했습니다. 그동안 출생의 비밀을 유지했으나 애비도 모르는 천출이라는 콤플렉스에 시달려 온 그로서는 절호의 기회를 맞은 셈이었지요.

특별 TF팀을 구성해서 가장 좋은 혈통을 찾기로 했습니다. 백두산의 정기를 받은 '백두혈통'으로 할 것인가와 '중국 명문가'로 갈 것인가를 두고 의견이 엇갈렸습니다. 무엇으로 하든 거기에 항일투쟁을 덧붙이기로 하는 데는 의견일치를 보았고요.

격론 끝에 동물 인민이 알기 쉽게 '백두혈통'으로 결정했습니다. 그러면서 그냥 백두혈통의 개가 아니라 만주에서 항일투쟁을 지휘한 '윤두일 장군'과 함께 항일투쟁 현장에서 사람 못지않게 영웅적 활동을 한 독립투사 견으로 미화한 것입니다.

이름하여 '항일 백두혈통'의 썬스타.

충성맹세 각료들은 앞으로 썬스타의 우상화에 끊임없이 이를 활용키로 했습니다.

그런데 발표과정에서 백두혈통(白頭血統)이 '백치혈통(白癡血統)'으로 잘못 바뀌고 말았습니다. 한자를 잘못 읽은 것이지요. 결국 바보를 말하는 백치, 곧 바보혈통이 되어버린 것입니다. 무언가 이상하다 싶은 썬스타가 어떻게 된 것인가를 묻자, 사탁은 말도 안 되는 소리로 둘러댔습니다. '백치란 백두혈통이 통치하는 뜻'이라고 말입니다.

무식한 진짜 바보 썬스타는 '듣고 보니 그렇네' 하면서 넘어갔습니다.

그리고 '불가역적(不可逆的)'에 이를 때까지 우상화 작업에 긴장의 끈을 놓아서는 안 될 것이며, 고삐를 더 단단히 조이기로 한 것입니다.

이날 회의에서는 기본적인 몇 가지만 결정했습니다. 핵심은 썬스타를 '어둠의 독재자 스탈린'으로 확실하게 자리매김할 수 있도록 각자 주어진 권한 안에서 일을 처리하기로 했습니다.

물론 어둠의 독재자는 그들끼리 이야기이며, 일반 동물들에게는 천사의 탈을 쓴 따뜻한 태양과 별의 훌륭한 개통령으로 진작부터 이중 포장했습니다.

이날 회의에서 '썬스타는 언제나 옳다'라는 구호 하나를 확정했습니다.

그리고 이것은 동물 공화국이 존재하는 한 끝까지 밀고 나가야 할 이념이자 모토로, 슬로건으로 이용하자는 데 이견은 없었습니다. 그리고 거기에 곁들여 구호 몇 개를 더 마련해서 항상 덧붙여 쓰기로 했습니다.

예를 들면 '썬스타는 언제나 옳다'라는 구호와 함께 '썬스타는 우리의 지도자다'라든가, '썬스타는 우리의 영원한 동지' 등을 같이 활용하기로 했습니다.

이를 동물 인민들에게 어떻게 전파하고 숙지시키며, 자연스럽게 받아들여 행동으로 옮길 수 있도록 할 것인가에 대해서는 계속 논의한 뒤 실행에 옮겨 가기로 했습니다.

장관들은 각자 맡은 분야에서 어떻게 할 것인가에 대한 아이디어를 짜고, 계획 수립을 하느라 정신없이 바빴습니다.

여성부장관 코코가 가장 빨리 행동에 나섰습니다. 회의가 있고 이튿날, 그녀는 여성 지도자들을 모아 놓고 썬스타 지지 모임을 만들 것을 주문했습니다.

"넵."

그래서 첫 번째로 결성된 것이 '썬사모' 입니다.

물론 '썬스타를 사랑하는 모임' 의 약자입니다. 이름이 촌스럽긴 하지만 확실한 의지를 보인 여성단체였습니다.

이어서 열 손가락이 모자랄 정도로 모임이 금방 늘어났습니다.

'썬빠모' (썬스타를 빠치는 여성 동물 모임).

"뜻은 좋으나 듣기에 좀 거북하다. 빠친다는 말, 말이야."

"그게 어때서?"

"꼭 '빠라면 빠는 거지 뭐' 라는 느낌이 든단 말이야."

"왜? 빠는 게 싫어? 나라면 썬스타가 빠라면 얼씨구 좋다며 빨고 핥기라도 하고 싶은데."

"야, 말이 좀 심했다. 알라들 듣겠다."

"그게 싫으면 이 모임에서 빠지면 될 거 아냐."

"알았다. 그렇다는 거였지 뭐."

이래서 결국 '썬빠모'는 그대로 결정됐습니다.

'썬죽모'(썬스타를 죽기 까무러치기로 좋아하는 암컷들의 모임).

'썬결모'(썬스타를 결사 옹호하는 암캐 모임).

'썬하모'(썬스타가 하라면 뭐든 한다는 암돼지모임).

'썬무모'(썬스타 일이면 무슨 말이든 무조건 지지한다는 모임).

'썬따모'(썬스타를 무조건 따른다는 암캐 모임).

'썬목모'(썬스타를 목숨 바쳐 사랑한다는 암컷들의 모임).

'썬깨모'(썬스타를 위해서라면 대가리가 깨져도 좋다는 모임).

'썬＊모'

'썬＊모'

   ....

하여간 썬사랑 관련 모임은 수도 없이 늘어났습니다.

그런 모임은 암캐들이 주를 이뤘으나, 암돼지나 암탉들의 모임도 적지 않았습니다.

반란 ─그들의 주장으로는 혁명─ 이 이뤄진 그해 초가을까지 농장은 전에 없이 먹을 것이 풍부했고, 따라서 조용했고 평화스러웠습니다.

썬스타도 약속대로 다른 동물들과 평등하게 생활했습니다.

각종 썬사랑 모임도 별도의 지시가 있기 전까지는 조용히 기다리고 있었습니다. 적어도 서너 달 동안은 말입니다.

그러나 가을이 무르익자 썬개통령은 악마의 발톱을 내보이기 시작했습니다. 먼저 눈엣가시인 배무를 숙청해야 했습니다.

그들 말로, 혁명의 일등 공신이라 약속대로 총리직을 주긴 했지만 영 맘에 들지 않았던 것입니다. 농장 운영 스타일이 너무 달랐습니다. 썬스타가 생각한 것과는 '아니다'였습니다. 생각 자체가 서로 대척점에 서 있어 그럴 수밖에 없었습니다.

숙청의 핑계를 찾기 시작했고, 곧바로 일을 벌였습니다.

바로 나 라구라를 두고 시비가 붙었고, 이를 빌미로 아예 박살 내 버렸습니다.

배무 총리가 썬개통령에게 요구했습니다.

"인간은 우리의 적인데 구라는 왜 그냥 두지?"

"필요하니까."

"우리의 맹세에도 어긋나고⋯⋯"

"어이, 총리. 공화국을 운영하자면 때로는 '적과의 동침'도 필요하다는 것 몰라?"

"하지만, 원칙의 문제니까⋯⋯"

"원칙은 누가 만드는데, 바로 나 썬스타 개통령이 만들거든."

방씨 농장 시절, 나 라구라는 개들 가운데 배무와 가장 친했습니다. 그럴 수밖에 없는 것이, 가장 근거리에서 함께 주인을 모셨으니까요. 그런데 지금은 어쩔 수 없이 썬스타와 짬짜미도 하며 가깝게 지내니 배무로서는 배신당한 느낌이 들었던가 봅니다.

또 어렴풋이나마 내가 종마 등을 팔아 중간에서 많은 돈을 가로챈 것을 눈치챈 것 같았습니다.

  '삥땅을 뜯었으면 자신에게도 무언가를 줘야지……'

  안면몰수하고, 썬스타에게만 비자금을 마련해 주니 엄청 서운했던 모양입니다.

  "알았다, 정 그렇게 나온다면 나도 가만히 있지 않을 테니."

  배무의 이 말에 썬스타는 '그래 해 보자, 네가 죽나 내가 죽나.' 라며 미리 제거해 버리기로 마음먹었습니다.

  문제는 배무보다 썬스타의 행동이 빨랐다는 겁니다.

  배무는 머리 좋다는 놈들의 결점대로, 이것저것 생각하고 다시 재 보고 혼자 검토하고 실행계획을 짜느라 시간을 허비했습니다.

  반면, 무식한 썬개는 결정하면 곧바로 실천하는 행동파였습니다.

  어느 날, 썬스타는 심복들을 시켜서 배무 총리를 잡아왔습니다.

  그리고 농장 내의 모든 동물을 집합시켰습니다.

  "존경하는 인민 여러분, 그리고 사랑하는 동물 여러분!"

  "와, 와, 썬스타 만세, 썬개통령 사랑해요."

  동물들은 무슨 일로 모였는지 알지 못했지만, 그냥 썬스타를 보고 미쳐 날뛸 듯이 좋아하고 환호했습니다.

  "오늘 이 자리에 인민 여러분을 모이게 해놓고 안타깝고 서운한 말씀을 드릴 수밖에 없음을 죄송하게 생각합니다."

  그는 혁명 동지였던 배무 총리가 유일한 인간이자 우리 농장의 훌륭한 일꾼인 라구라를 꼬드기고, 공갈치고, 협박해서 역모를 꾀하다가 들켰다고 설명했습니다.

"인민 여러분! 다행스럽게도 우리의 동지 라구라가 이를 사전에 신고해 옴으로써 그의 음흉한 계획은 수포로 돌아갔으며, 오늘 이 자리에 잡혀 왔습니다."

예의 그 능글맞고 징글징글한, 사악한 웃음 띤 얼굴로 이야기 했습니다.

'비굴한 웃음, 사악한 웃음' 뒤에 숨은 그의 잔혹함을 알지 못하는 동물들은 그저 박수로 환호하며 좋아하고 있었습니다.

그의 가면 속의 '인자한 웃음'에 자지러질 듯 좋아하는 동물들이 많았으나, '능글맞은 웃음'에 소름이 끼친다는 동물들도 적지 않았습니다.

"인민 여러분! 이놈을 어떡해야 할까요? 현명하신 동지 여러분의 판단에 맡기겠습니다."

"죽여라. 죽여라."

"갈기갈기 찢어 죽여라."

"무조건 죽여라, 죽여라."

"능지처참 죽여라."

"야, 능지처참이 뭐미?"

"나도 몰라, 남이 하니까 나도 따라 했을 뿐이야."

비실비실 웃음 띤 썬개통령이 한마디 더 했습니다.

"이놈은 인간 주인을 배신하고 우리 혁명에 적극, 동참한 바 있으므로 한 번쯤 용서해 주는 건 어떨까요?"

"안 된다. 죽여라, 죽여라."

"한 번 배신한 놈은 두 번 배신한다. 죽여라."

"두 번 배신하는 놈은 네 번 배신한다. 죽여야 한다."

"한 번 배신한 자는 영원한 배신자다. 죽어 마땅하다."

그는 로마 황제가 된 것처럼 발가락을 아래로 찍어 보이며 죽일 것을 명했습니다.

그는 갈기갈기 찢겨 죽었습니다.

첫 번째 인민재판이었고, 첫 번째 숙청이었습니다.

이날 인민재판에서 일등 공신은 당연 썬사모 관련 모임 회원들이었습니다. '죽여라'를 연창하며 분위기를 띄웠습니다. 환호하며 춤을 췄습니다.

그런 한편으로, 사건과 관계없이 그저 썬스타를 빠치느라 정신이 없었습니다.

"와우! 개통령 멋져 뿌러."

"와와, 완존 짐승남이다."

"한번 안아 봤으면 소원이 없겠다."

"난 한 번 안겨 봤으면 오늘 죽어도 고고다."

"뽀뽀만 해도 원이 없겠다."

6. 썬개통령을 보유한 우리 동물 인민은
지구상에서 가장 행복하다

인민재판을 통해 배무를 죽인 썬스타는 '우리의 맹세' 가운데 4
번째 항목인 '어떤 동물도 다른 동물을 죽일 수 없다'를 지우도록
지시했습니다. 배무가 숙청당한 후, 농장은 언제 그런 일이 있었느냐

는 듯이 다시 조용해졌습니다.

패거리들은 다시 썬스타의 우상화 작업을 보다 적극적으로 추진했습니다.

썬스타 앞에 '백치혈통'이라는 4글자를 덧붙이기로 했습니다. 권위를 높이고 더 높은 충성심을 갖도록 유도하자는 것이지요.

경우에 따라서는 '항일 백치혈통'이라는 6글자나, '윤두일 장군과 함께 한 백치혈통' 13자를 더 넣기도 했습니다.

이후 농장 곳곳에는 '백치혈통 썬스타는 언제나 옳다'라는 구호가 나붙기 시작했습니다.

그 구호 밑에는 또 다른 문구가 하나씩 덧붙여졌습니다.

'백치혈통 썬스타는 우리의 지도자다.'

'항일 백치혈통 썬스타는 하늘이 낸 지도자다.'

'항일혈통 썬스타는 우리의 영웅이다.'

'윤두일 장군과 함께 한 항일 백치혈통 썬스타는 우리를 지켜주시는 어버이 동무다.'

'백치혈통 썬스타는 모든 동물의 친구다.'

'항일 백치혈통 썬스타는 모든 동물이 우러러보는 지도자다.'

'윤두일 장군과 함께 한 항일 백치혈통 썬스타 어버이를 모신 우리는 행복하다.'

따라서 모든 구호는 두 줄짜리 한 세트씩 나붙었습니다.

이러한 구호 밑에는 이를 써 붙인 썬스타 사랑 모임 이름이 하나씩 자리했습니다. 목 좋은 곳에는 구호가 여러 겹 나붙기도 했습니다.

썬빠 모임이 경쟁적으로 설치했기 때문입니다.

내무장관 진도는 반상회를 통해 농장에 사는 모든 동물은 반드시 이 구호를 외우도록 지시했습니다. 머리가 나빠 다 기억하지 못하는 경우, 최소한 하나 '백치혈통 썬스타는 언제나 옳다' 만은 꼭 외우도록 했습니다.

공보장관 앵무는 앵무새뿐 아니라 모든 날짐승에게 이를 암기토록 통고하고, 틈만 나면 여러 구호를 외치며 날아다니도록 했습니다. 모두 열심히 노력했으나 닭대가리 몇은 도저히 외우질 못했습니다.

그러자 다시 새로운 지시가 내려왔습니다.

'한 개의 구호조차 외우지 못하는 동물은 하루 한 끼도 먹을 수 없다' 는 것이었습니다.

이로 인해 몇몇 닭들은 굶어 죽게 생겼습니다.

그러나 맘대로 날아다니는 새들은 이것저것 열매를 따 먹으니 끼니 걱정은 안 해도 되었고, 굳이 어려운 구호를 외울 필요조차 없었습니다.

구호를 외우지 못해 밥마저 굶게 된 닭을 포함한 머리 나쁜 몇몇 동물들 사이에선 불만이 터져 나왔습니다.

"젠장 누구 맘대로 밥을 안 줘. 옛날 주인은 안 그랬잖아."

"맞아, 사람은 이런저런 잔소리 없이 '말썽을 부려도 좋다, 튼튼하게만 자라다오.' 하면서 푸짐한 먹거리를 줬는데 말이야."

"이제 봤더니 개통령과 그 일당들, 정말 나쁜 놈들이잖아."

"맞아, 맛있는 건 저들끼리 배 터지게 처먹으면서. 나쁜 샤키들."

"소문에 듣자 하니 썬개 일당은 우유를 지들끼리만 처먹고 다른 동물들한테는 한 모금도 안 준데."

"심지어 새끼들, 우유가 절대 필요한 개새끼나 돼지 새끼조차도 우유 한 모금 못 얻어먹는다니 말이 돼?"

"이게 평등이야?"

"하여간 나쁜 놈들이야."

시간이 지나면서 여기지기서 불만이 터져 나왔습니다.

그동안 썬의 횡포에 속으로만 부글부글 끓고 있던 한표가 이를 그냥 넘길 턱이 없었습니다.

한표는 파랑 개, 지금은 빨간 개가 되어버린, 믿을만한 동지들을 불러 모았습니다.

"기회다. 불만 세력들을 포섭해서 진짜로 쿠데타를 일으키자."

"사실, 배무도 억울하게 죽었잖아."

"그렇지. 없는 죄를 만들어 뒤집어씌운 뒤 순진한 동물들을 모아 놓고 인민재판의 이름으로 죽인 거지."

그들은 명함만 재무장관일 뿐 말짱 핫바지 꼴이 된 돼지 피코를 찾아가 함께 할 것을 제의했습니다.

"좋아. 나도 진작부터 기회를 노리던 중인데 함께 손잡자."

그들은 이 외에도 불만 세력들을 모아 썬스타 일당을 밀어내기로 계획을 세웠습니다.

D-데이는 썬개통령이 생일잔치를 벌이기로 되어 있는 다음 달 초하루로 잡았습니다. 사실 그동안 썬패거리들은 일반 동물들, 그들 말로 인민들의 눈을 속이고 호화생활을 해왔습니다.

생일잔치는 예쁜 꾀꼬리와 앵무새, 원앙새, 종달새 등 가수들을 총 동원한 초호화판으로 열릴 것으로 알려졌습니다.

한표는 꾀꼬리 중 가장 예쁜 년을 꼬드겨 노래를 가르쳤습니다.

뜻은 모르고 그냥 따라 불러 민요가락 창으로 청승맞게 부르도록 부탁했습니다. 이 노래를 불러 좌중이 소란해지면 그 틈을 타 거사를 하기로 한 것입니다.

그날 당연히 귀빈으로 초대될 재무장관 피코는 새들의 축하노래가 끝나고 시끄러워지면 술잔을 집어 던지는 것을 신호로 썬개 일당을 잡기로 했습니다.

그러나 이들의 계획은 너무 많은 동조자를 포섭하는 과정에서 사탁의 보위부 요원에게 사전에 탄로나 버렸습니다.

"내 그럴 줄 알았다, 이놈들. 제 발로 죽겠다니 거절할 이유가 없지."

보고를 받은 썬개통령은 사탁에게 지시했습니다.

"조의(皂衣) 부대를 이끌고 잔치 마당 근처에 숨어 있다가 그놈들을 몽땅 잡아들여라."

"옛 썰, 썬스타 각하."

조의 부대는 썬스타에 의해 혁명 이후 곧바로 비밀리에 창설됐습니다. 조의는 고구려의 왕실 비밀 특수부대 명칭입니다. 그들은 지도자의 명령이면 물불 가리지 않고, 시시비비 없이, 무조건 생명을 던져 일하는 살수조(殺手組)입니다.

한 드라마에 따르면, 대막리지(大莫離支)로 막강한 권력을 쥐고 있던 연개소문은 권력이 세진 지방 토호들을 모두 궁으로 불러 모아 놓고 그들을 시켜 한꺼번에 몰살시키는 것을 묘사한 적도 있습니다.

썬스타에 의해 만들어진 이 조의 부대도 그의 비밀 경호는 물론 명령만 떨어지면 단숨에 달려가는 절대 충성 특수요원들입니다.

썬스타는 비밀부대 조의 외에 공개적으로 자신의 경호원 개 8마리를 데리고 나녔습니다.

경호 개 팀은 진짜 풍산개 4마리와 불독 4마리로 구성됐습니다. 목표 대상을 한번 물면 죽기 전에는 절대로 놓지 않는 놈들입니다. 이들은 인간사회 군용견 훈련 이상의 혹독한 훈련을 거쳐 선발된 놈들로, 그에 상응하는 특급대우를 받고 있었습니다.

썬스타 측은 예정대로, 한표 측 생각으로는 그들 계획대로, 개통령의 생일축하 파티가 열렸습니다. 장소는 방씨 일가가 거처하던 하얀 집 거실입니다. 일반 동물들에게는 역시 비밀이었습니다.

잔치가 무르익자 썬스타는 꾀꼬리 가수에게 한 곡조 할 것을 지시했습니다.

"기왕이면 창으로 멋지게 한 곡조 해 봐!"

"옛 썰, 개통령 각하."

그녀는 한표가 가르쳐 준 대로 뜻도 모르는 한시(漢詩)를 구성지게 뽑았습니다.

"금준~미주~는~천인~혈이요,

옥반~가효~는~만성~고라.

촉루~낙시~에 민루~낙이요.

가성~고처~에 원성~고라."

이는 춘향전에 나오는 것으로, 이몽룡이 어사가 되어 변 사또 잔치
에 나타나 써 놓고 간 한시입니다.

권력자의 횡포를 조롱한 내용으로, 원문과 해석은 다음과 같습니
다.

金樽美酒 千人血, /금잔에 담긴 좋은 술은 천 사람의 피요

玉盤佳肴 萬姓膏. /옥쟁반의 비싼 안주는 만 사람의 기름이라.

燭淚落時 民淚落, /촛대 촛농이 흐를 때 백성들 눈물을 흘리며

高聲歌處 怨聲高. /노랫소리 높은 곳에 원망의 소리 높다네.

동물 인민이 자신의 우상화 구호를 못 외우면 밥까지 빼앗으면서
썬스타는 호의호식을 하는 것을 비꼰 것입니다.

"저게 무슨 내용이냐?"

"네, 각하의 선정에 인민들이 행복해 한다는 이야깁니다."

"엣끼 놈, 내가 모를 줄 알고. 이놈을 잡아라!"

피코와 일행이 미처 어쩌지도 못하는 사이, 그들은 썬스타의 친위
대인 조의 특수부대 살수조(殺手組)들에게 꼼짝없이 몽땅 잡혀버렸습
니다.

다음 날, 두 번째 인민재판이 열렸습니다. 전과 달리 이번은 일사
천리로 재판이 진행됐습니다.

첫 번째로 앞뒤 다리 4개가 꽁꽁 묶인 돼지 피코가 끌려 나왔습니다.

"네 죄를 네가 알렸다. 이실직고(以實直告)하라."

"그래, 이놈 개통령 아닌 개새끼 썬스타야. 네가 네 죄를 알렸다."

"미친 저놈, 무슨 개소리 하냐?"

"개소리 아닌 돼지 소리 하거든. 인간보다 못한, 개보다 못한 나쁜 새끼 썬스타, 지옥에나 떨어져라."

인간을 쫓아내고 나시 이 농장에 새로 생긴 유행어가 하나 있습니다.

'인간보다 못한 놈.'

'인간보다 못한 개나 돼지.'

'인간보다 못한 짐승.' 등으로, 인간보다 못하다는 건 동물농장에서 최고의 모욕적 언어가 된 것입니다.

피코의 죄명은 반혁명을 모의한 것 말고도 재무장관직을 악용해서 엄청난 부정축재를 했다는 것이었습니다.

최근 들어 동물들의 배급량이 줄어든 것은 바로 피코 일당이 인민들의 양식을 빼돌려 먹었기 때문이라고 말했습니다.

"어, 배급량, 하나도 안 줄었는데?"

"특식 나오는 것도 더 많아졌는데 무슨 말삼?"

"썬스타 말씀은 언제나 옳다는 걸 잊었냐?"

"웃기네."

"뭐라고, 일러준다."

"너 완전 썬빠로구나."

"그래 어쩔건데?"

"담에 보자, 후회할 거다."

"담에 보자는 놈치고, 무서운 놈 없더라."

"그래……"

"피코 죽여라!"

"코피 터지게 박살내라!"

"썬스타 만세!"

다음에는 피투성이가 된 한표가 끌려 나왔습니다.

"놈은 지난 선거에서 진 데 앙심을 품고 우리 농장을 다시 인간에게 돌려주고자 음모를 꾸몄습니다."

한표는 '거짓말하지 마, 이 개새끼야. 누구나 평등하다고 해놓고 저들끼리 인간보다 더 호사스러운 생활을 하는 이중 개격자, 쓰레기 같은 놈, 쥑일 놈!' 하며 악다구니를 썼습니다.

"그놈도 죽여라."

"죽어 마땅하다."

"백치혈통 썬스타는 언제나 옳다."

"썬스타 인민농장을 위하여!"

그 뒤로는 아무것도 모르면서 '춘향전'에 나오는 창을 읊은 꾀꼬리 한 쌍도 잡혀 왔습니다.

"전 아무것도 몰라요, 그저 한표가 맛있는 거 주면서 가르쳐 주길래 그대로 불렀을 뿐입니다. 무조건 용서해 주세요, 꾀꼴꾀꼴."

"하, 그래. 인민 여러분, 이년은 이쁘니까 용서해 줄까요?"

"안 된다. 죽여라. 이쁜 년 죽여라."

"이쁘니까 더 죽여라."

"항일 백치혈통 썬스타 만세."

"무조건 죽여라."

피 맛을 본 그들은 로마 원형경기장의 관중들처럼 '피를 달라' 고 더 아우성이었습니다.

선빠 패거리들은 더 적극적으로 아우성을 쳤습니다.

이 와중에도 그들은 썬개에게 열열 구애했습니다.

"오 마이 갓, 썬스타!"

"오 마이 러브, 썬스타!"

"오 마이 내꺼 백치 썬스타!"

피코, 한표, 꾀꼬리 외에도 그냥 어리벙벙 잡혀 온 놈도 여럿이었습니다. 이들은 모두 갈기갈기 찢어졌습니다.

'땅에 묻어 주거나 우는 놈은 같은 반혁명 분자로 인정해서 똑같은 처벌을 받을 것' 이라고 썬스타는 경고했습니다.

피투성이로 찢겨진 시체들은 산비탈에 던져져 독수리나 쥐 파리들의 먹이가 되게 했습니다.

2차 인민재판과 숙청이 끝났습니다.

이렇게 해서 썬스타 개통령의 완전무결 독재는 가속이 붙게 됐습니다.

7. 전기 대신 반딧불이를 잡아 불을 밝혀라

두 차례에 걸친 피의 숙청이 있고 난 후 농장의 분위기는 한동안 우중충하고 어수선했습니다. 그러나 얼마 지나지 않아 언제 그런 일이 있었느냐는 듯 다시 한가로움과 여유를 되찾았습니다. 인간만이

아니라, 이들은 더 망각의 동물인가 봅니다.

하루는 썬스타가 그들의 핵심 참모들을 하얀 집으로 불러 모았습니다.

"자, 이제 어떻게 하는 것이 좋을까? 의견을 말해 봅시다."

"동물이란 원래가 인간들처럼 일단 먹는 것만 해결해 주면 따르게 되어 있습니다."

"그래서 바로 당근을 주자는 건가?"

"그건 아니고요."

"그럼?"

"당근과 채찍은 예부터 인민을 다스리는 두 가지 방법입니다. 지금으로서는……"

"공포를 주는 채찍을 더 쓰다가 저항이 있게 될 때 당근을 주는 게 어떨까, 이겁니까?"

"예, 저도 그렇게 생각합니다."

"다들 그렇게 생각합니까?"

"옛 썰."

"그럼 다음 주 월요일 인민들 전부를 모이게 하시오."

월요일, 모든 동물이 모였습니다.

"존경하고 사랑하는 동물 인민 여러분, 그동안 여러분의 적극적인 동참으로 우리 동물 인민공화국은 평화롭게 그리고 안정적으로 발전을 거듭하고 있었습니다."

"와! 백치 썬스타 만세."

"그러나 불행하게도 두 차례에 걸쳐 반혁명 분자들이 우리의 갈 길에 태클을 걸기도 했습니다."

"와, 와! 썬개통령 만세!"

"그래서 몇 가지 개혁안을 마련하고 이를 전 인민들에게 보고하려는 것입니다."

그 개혁안은 다음과 같습니다.

첫째, 기존의 내각을 해산한다. 그렇다고 새로운 내각을 구성하는 것도 아닙니다. 전보다 효율적인 국정 운영을 위해 개통령 혼자서 동물 공화국을 운영해 나가기로 한다는 것입니다.

둘째, 혹시 있을지도 모를 반혁명 분자들을 사전에 찾아내 불쌍한 우리 인민들이 더 이상 애꿎은 피해를 보지 않도록 '공자처'를 신설키로 합니다.

'공자처'는 공자님 말씀을 공부하는 곳이 아니라, '고위 공직자 개인 비리 수사처'의 약자입니다. 여기서 공직자란 각 동물의 축사 대표를 포함, 동물별 각종 위원회장 등이 우선 대상자입니다.

또 10마리 이상의 가족을 이끄는 짐승과 무리의 상징적 지도자도 포함됩니다.

개통령 직속의 이 기구는 도청권, 감청권, 수사 및 기소권은 물론 형량까지 결정할 수 있는 사법권까지 주어졌습니다. 더해서 형량대로 집행하는 권한까지 갖도록 했고요. '코에 걸면 코걸이, 귀에 걸면 귀걸이'로 맘에 안 드는 놈은 입맛대로, 맘대로 잡아 족칠 수 있다는 이야기입니다.

반면, 자기편, 자기 식구면 살생을 저질러도 무조건 무죄를 선고할 수 있습니다. 러시아의 KGB, 나치 시대 게슈타포, 북한의 보위부조차 명함도 못 내밀 초 막강 권력입니다. 한마디로 '생사 여탈권'을 모두 갖춘 무소불위 핵심권력 조직입니다.

결국, 동물 공화국은 개통령과 직속의 공자처, 특수부대인 조의만의 조직으로 운영된다는 깃입니다.

공자처장은 내무장관을 맡았던 진도가, 그리고 조의부대는 사탁이 그대로 책임자로 임명되었습니다.

흔히 말하는 '좌 진도 우 사탁' 시스템이 완성됐습니다.

"이렇게 되면 그 어떤 반역 역도들도 감히 넘볼 수 없는 '불가역적' 인민 동물 공화국이 될 것입니다."

"와 와! 썬개통령 만만세."

"우리의 영웅 썬스타 만세!"

"오 마이 써니, 손 한 번 잡아 봤으면……"

미쳐 날뛰는 썬빠들의 발광에 다른 어떤 말도 들리지 않았습니다.

"근데, '불가역적'이란 무슨 말삼?"

"나도 몰라."

"그런데도 박수는 쳐?"

"무식하긴, 요즘 애들 말로 하면 '빼박캔트'라는 거지."

"빼박캔트?"

"응, 빼박캔트. '빼지도 박지도 못한다'는 얘기지."

"이 제도로 영원히 쭈우욱 쭉 가겠다는 거로구먼."

"이제 감 잡혀?"

이러한 행사도 끝나고 가을이 지날 때까지 농장은 비교적 조용했습니다. 두 차례의 피로 물들었던 인민재판도, 체제개편에도 무관심한 동물들은 그저 행복한 나날을 보냈습니다.

그런데 겨울이 다가오면서 문제가 불거졌습니다.

난방시설이 멈춤에 따라 동물들이 추위에 떨게 되면서부터입니다. 농장이 동물의 손으로 넘어간 다음 달부터 전기는 주인이 거처하던 하얀 집에만 들어왔습니다. 지금은 개통령과 경호대만이 거주하는 공간입니다.

사육장을 포함한 동물관리 축사의 전기는 모두 끊어졌으나, 가을이 지날 때까지는 별 어려움을 느끼지 못했습니다. 먹을거리는 자동시스템이 정지함에 따라 그들이 직접 챙겨 먹으니 조금 힘들고 불편하긴 했으나 지낼 만했습니다.

문제는 추위가 다가오면서 난방시설이 작동하지 않아 얼어 죽을 지경이었습니다. 야생에서 크고 자랐다면 웬만한 추위야 견딜 수 있겠지만, 인간에 의해 사육되는 바람에 면역성 부족으로 고통이 이만저만이 아니었습니다. 특히 난방시스템에 익숙해 있던 돼지나 닭 등이 느끼는 추위는 더욱 심했습니다.

동물 인민들의 불평이 이어지자 썬스타는 대책을 내놓아야만 했습니다. 희생양을 찾을 것인가, 다른 방도를 택할 것인가를 고민했습니다.

결론은 다른 방도를 찾자는 것이었습니다.

"전기는 끊어진 것이 아니라 우리가 원해서 끊었다. 우리는 야생 본성으로 돌아가 견뎌야 한다."

그러면서 추위는 각자도생(各自圖生), 알아서 살아가는 방법을 찾아야 한다고 강조했습니다.

'전기가 없으면 꼼짝 못한다면 우리는 다시 인간의 노예가 될 수밖에 없으니, 기회에 지립갱생을 해야 한다'고 말했습니다.

더구나 전기에서 나오는 전기파나 전자파는 동물들의 건강에 치명적인 나쁜 물질을 내뿜으므로 없애야 한다는 것이었습니다.

그러면서 어둠을 밝히는 데는 전깃불 대신 반딧불이를 잡아다 빈 병에 넣어두고 쓰면 된다는 썬개통령의 '현명한 말씀'으로 지시를 대신했습니다.

이 바람에 애꿎은 반딧불이만 죽어나게 됐습니다.

매일매일 잡아다 넣지 않으면 빛을 발하지 못하므로, 어둠을 피하기 위해서는 만사 제쳐두고 반딧불이 잡기에 혈안이 되었습니다.

불만이 없을 수가 없었습니다.

"저는 하얀 집에서 호의호식하면서 우리만 추위에 떨란 말이야? 이건 평등이 아니잖아."

"불평하지 마, 썬스타는 언제나 옳아."

"그럼 그럼, 그리고 백치혈통 개통령은 우리를 위해 고생이 이만 저만 아니니 추위에 자칫 고뿔에라도 걸리면 안 되잖아."

"미친 소리 작작해."

"너 일러바친다. 고자질하면 맛있는 거 한 보따리씩 주거든."

"그래. 신고해라, 신고해. 그리고 잘 먹고 잘살아라. 나쁜 새끼."

"그러니 참고 살자, 응. 어쩔 거야."

"ㅠㅠㅠ …"

동물 인민들의 말대로, 썬스타는 하얀 집에서 호의호식 정도가 아니라 까무러칠 정도로 잘 살았습니다.

중국 역사상 가장 호화로운 삶을 살았다는 측천무후(則天武后)를 '저리 가라' 할 정도로 사치스럽게 지냈습니다.

끼니로 사료 정도가 아니라 인간이 즐겨 먹는 캔 고기와 술까지 곁들였습니다.

처음에는 소주에 취하면서 '아, 세상 좋구나!' 하다가, 나중에는 포도주를 음미할 정도가 되었습니다.

포도주도 싫증이 나자 좀 더 독한 술로 위스키를 마셨습니다.

"아, 권력이 좋긴 하구나. 이런 세상 영원히!"

"위스키보다 향도 좋고 달콤하면서도 독한 술은 없냐?"

"넵, 있긴 있는데 넘 비싸거든요."

"뭔데?"

"포도를 주원료로 프랑스에서 만든 코냑이라는 건데……"

"야, 라구라 불러와."

나 라구라가 불려갔습니다.

"부르셨습니까, 주인님."

"너 코냑 두 병 갖고 와 당장, 아니면 죽어."

"그게……"

주위에 그를 지키는 여덟 마리의 호위무사 개들이 '으르렁' 거리며 이빨을 드러냈습니다.

"알겠습니다. 곧바로 대령하겠습니다. 주인님."

나 라구라는 경비실 서랍 속에 깊숙이 아껴 두었던 코냑 한 병을 갖다 바쳤습니다.

이 술은 선 주인 빙씨의 배려로 동료들과 위로휴가차 중국을 다녀오면서 사 온 것이었습니다.

아끼느라 어쩌다 한 모금씩 먹고 숨겨 두었던 것입니다. 죽 쑤어 개 준 것이 아니라, 술 아껴 개 준 꼴이 되고 말았습니다.

이후, 코냑의 깊은 맛을 알게 된 썬스타는 등급을 높여 고급에 고급으로만 찾았습니다.

코냑은 숙성 기간에 따라 최소 2년 이상 된 SV, 4년 넘어야 붙이는 VSOP, 6년 이상 된 NAPOLEON, 10년 이상짜리 XO, 그리고 최근에 나온 최상 등급 EX(엑스트라)가 있습니다. 제조회사에 따라 약간의 차이가 있긴 하지만, 대충 그렇다네요 ……

썬스타는 이 가운데 나폴레옹을 가장 좋아했습니다. 그것은 조지 오웰의 소설에 나오는 동물농장 주역인 돼지 이름이 나폴레옹이었기 때문입니다.

웃기는 건, 이 소설이 프랑스에서 번역되었을 때 그들은 프랑스 영웅 나폴레옹 이름이 돼지에 차용당한 게 억울했던지 카이저(시저)로 바꾸었습니다.

암튼, 코냑에 빠진 썬스타는 라구라에게 코냑 한 병에 돼지 5마리씩 계산해 주었습니다. 나 라구라는 그와 짝꿍이 되어 누이 좋고 매부 좋은 식으로 잘 어울려 지냈습니다. 덕분에 내 통장 잔고는 내가 봐도 무서울 정도로 동그라미가 늘어났습니다.

'썬스타 만세다.'

마르고 닳도록 같이 해 먹자며 속으로 외쳤습니다.

썬스타는 그것만이 아니라, 옷을 차려입고, 안경에 지팡이까지 짚으며 두 발로 걷는 흉내까지 내며 거드름을 피웠습니다. 물론 잠은 따뜻한 침대에서 편안하게 잤습니다.

이후 그는 우리의 맹세 가운데 다섯 번째인 '어떤 동물도 사람의 흉내를 내서는 안 된다.'를 지워버렸습니다.

그리고 그 아래 항목인 옷을 입어서는 안 된다, 치장해서는 안 된다, 침대를 사용해서는 안 된다, 술을 마셔서는 안 된다는 내용까지 모두 ×표를 그어 없애도록 지시했습니다.

간이 배 밖에 나올 정도로 배짱이 커진 썬스타는 농장을 거닐 때면 화려한 옷에 뿔테 안경을 끼고 지팡이를 짚으며 어거정어거정 삐뚤삐뚤 걸었습니다. 추위에 떨면서 이를 본 동물들은 한숨과 함께 코웃음을 쳤습니다.

그러나 대놓고 비웃었다가는 호위무사 8마리 개들에게 그 자리에서 피박살 나기에, 꼼짝없이 박수로 환영할 수밖에 없었습니다.

이 와중에도 썬빠들은 '썬스타는 언제나 옳다'라든가, '백치혈통 썬스타는 우리의 최고 지도자'라며 열렬히 따라다녔습니다.

거의 매일 취생몽사로 지내던 썬스타는 어느 날 갑자기 '내가 진짜로 인기가 있는지'가 궁금했습니다.

"야, 사탁! 나 지금 인민들에게 인기 있냐?"

"각하, 말씀 마십쇼. 인기 최곱니다."

"그래, 그럼 여론조사 해서 보고 해."

여론조사에 나섰습니다.

사탁은 썬스타의 양해를 얻어 그의 경호 개 4마리를 빌려서 나섰습니다. 앵무새 두 마리도 동행했습니다. 기록을 위해 다른 졸병 개 한 마리도 데리고 갔습니다.

그들은 먼저 **빨간 개**, 예전에 파랑 개들의 축사로 갔습니다.

입구에서 만난 중견 개 한 마리를 붙들고 '썬개통령을 지지하는지 반대하는지'를 물었습니다. 머리맡에서 앵무새가 계속 떠들어댔습니다.

'썬스타는 언제나 옳아.'

'썬스타는 위대한 지도자야.'

사탁 옆에는 썬의 보디가드 개 4마리가 이빨을 '으르렁' 거리며 인상을 쓰고 있었습니다.

의견을 질문받은 그 개는 사실 썬스타를 극단적으로 싫어했습니다. 우선 자신이 살던 좋은 집 축사를 그놈 명령 하나로 **빨간** 개들한테 **빼앗겼는데** 좋을 리가 없었습니다.

'반대한다. 그리고 엄청나게 미워한다.' 하는 말이 목구멍까지 나왔으나, 꿀꺽 삼키고는 '응, 지지해'라고 말했습니다.

이들 조사팀은 안으로 들어가 늙은 개에게 '썬스타를 지지하느냐,

반대하느냐?' 며 물었습니다.

늙은 개는 생각했습니다. '살 만큼 살았는데 제대로 말이나 하고 죽자' 며.

"아니, 난 지지⋯⋯"

이때 그의 옆에 있던 새끼가 애비 개의 입을 막았습니다. 그리고 대신 대답했습니다.

"우리 아빠, 썬개통령을 지지하는 정도가 아니라 광적으로 좋아하고 존경해요."

옆에서 '으르렁' 거리며 물어뜯을 태세를 하고 있던 경호 개들은 계면쩍은 듯 조용해졌습니다.

위에서는 앵무새가 계속 썬개통령을 찬양하고 있었고. 더 깊이 들어가 또 다른 젊은 개에게 물었습니다.

"당근이지. 썬스타를 적극 지지하지."

이번에는 어린 개에게 물었습니다.

"당근, 따블로 지지하지."

1호 빨간 개 축사에서 육십여 마리를 대상으로 조사한 결과 하나같이 '지지' 라는 답변을 얻었습니다.

"2호 축사는 안가?"

"여론조사라는 건 표본조사거든, 동물 인민 종류 별로 한 개 동(棟)씩만 하면 되는 거야."

"글쿠나."

이번에는 파랑 개 1호 축사로 갔습니다.

거기는 옛날 핵심 빨강 개들이 사는 곳이었습니다. 썬스타 동료들과 그의 자식들입니다.

조사팀이 들어서자 하나같이 일어나 '썬스타 만세'를 외쳤습니다.

"자 조용히, 여론조사 나왔으니 잘 듣고 대답해 줘."

"물어볼 것도 없어, 우린 전부 지지해. 그렇지?"

"하보, 당근이지?"

"혹시 알어? 반대하는 개가 있을지?"

"지지하지 않는 개가 있으면 발 들어봐요."

"하나도 없네. 그럼, 여기 있는 144마리 전부 지지하는 거 맞지?"

"오키."

"자, 이제 돼지 친구들한테 가자."

"뭐 그리 급해. 차 한 잔하고 천천히 가."

"오랜만인데 차보다 술 한 잔 어때?"

"아니, 여기도 술 있어?"

"그럼, 썬스타 개통령 각하께서 몇 병 갖다 주셨어."

"그렇구나. 그럼 딱 한 잔만."

"근데 무슨 술이야?"

"소주도 있고 위스키도 있어."

"그렇구나."

"빨간 개들한테는 비밀이야, 알지?"

"당근."

다음은 돼지 축사 가운데 피코가 거주하던 곳으로 갔습니다.

"먼저 지난번 피코의 죽음에 대해서 애도의 뜻을 금할 수 없다.

명복을 빈다."

"갑자기 웬 애도?"

"애도 필요 없으니 됐고."

"근데 왜 온 거야?"

"여론조사 하러 왔어."

"무슨?"

"개통령의 인기도 조사."

"뭐라고?"

"썬개통령의 국정 운영에 대한 지지 여부를 물으러 온 거야."

"그럼 우선 옆에 있는 저 개놈하고 앵무새 없이 너 혼자 와서 일
대일로 물으면 답해 줄게."

"아냐, 그냥 해줘."

"싫거든."

그러자 옆에 있던 보디가드가 '으르렁' 합니다.

"얌마, 공포 분위기에서 무슨 여론조사냐. 난 거부."

"알았다. 그럼 무응답으로 처리한다."

"맘대로."

그러자 새끼 돼지 한 마리가 '난 썬개통령 지지'라고 말합니다.

"오키, 넌?"

다른 새끼 한 마리는 '난 반대' 하며 잽싸게 도망칩니다.

보디가드가 쫓아가 물려고 하자 진도가 눈짓을 보냅니다. 가만히
있으라고.

"그렇지, 반대 의견도 있다는 게 여론조사지."

"부처님 나셨군."

"암. 여기가 북한도 아니고 중국도 아니니, 100% 찬성이라면 그
거야말로 여론조작이고 엉터리지."

돼지 여론을 들은 이들은 황소와 말, 염소, 닭 등을 상대로 같은
식으로 여론조사를 마쳤습니다.

"자 결과가 어떻게 나왔나 보자."

"와, 와, 88.8% 찬성인데."

"선거 당시 44.4%의 찬성으로 개통령에 당선됐는데 따블인 88%
라니, 우리 썬개통령 참으로 대단하셔."

8. 겨울을 나야 하니 일부 동물 인민을 팔아 치워라

엉터리 여론조사지만 88.8%라는 압도적 지지를 받은 썬개통령도 사실은 걱정이 있었습니다. 진짜 추위가 닥쳐 얼어 죽는 녀석이라도 나오면 폭동이 일어날 수도 있음을 모르는 바 아니었기 때문입니다.

"야, 라구라 오라 그래."

"부르셨습니까, 주인님."

"오늘은 너한테 인간적으로 부탁 좀 해야겠다."

"말씀만 하십시오, 주인님."

그의 요구인즉, 농장의 동물들이 겨울 동안 먹을 최소한의 양식을 구해 오라는 거였습니다.

"돈도 없고, 그동안 생산된 달걀이나 과일 등 모두 먹어 치웠는데 무엇을 주고 맞바꿔 오라는 겁니까?"

"그러니까 인간인 너한테 말하잖아. 방법을 찾아보라고."

나 라구라는 진작부터 이런 시기가 올 것을 알고 바깥의 거래처와 미리 준비를 해뒀었습니다.

"방법은 딱 하나가 있습죠."

"뭔데?"

"이번 기회에 골치 아픈 녀석들을 골라 몽땅 팔아버리는 겁니다."

"뭐. 인민들을 팔아?"

"그럼, 전 인민들 몽땅 굶겨 얼어 죽게 할 건가요?"

"그렇지만……"

"개통령은 결정해야 하는 자리입니다. '동물애(動物愛)'에 빠져 자칫 사랑하는 인민 동물들을 모두 죽이는 그런 어리석음을 범하겠다면 할 수 없죠, 뭐."

"핑계는?"

"핑계야 만들면 되고, 또 위정자란 원래 사기도 치는 법이거든요."

"어떻게?"

"글쎄요, 동물 세계는 모르겠지만 인간사회는 더 야비하고 비겁하고 잔인하거든요."

"맞아, 구라 넌 우리 편이야, 그치?"

"그럼요, 특히 위대하신 백치 썬개통령 각하의 심복이죠."

어둠의 거래를 하기로 했습니다.

사실 이 농장은 일정 기간이 지나 개나 돼지 등이 성체, 이른바 어른이 되면 내다 팔고 새끼 등을 사 오거나 농장에서 낳은 종자들을 키웁니다.

그동안 외부 반출을 하지 않았기 때문에 축사가 비좁을 정도로 각종 동물이 넘쳐나긴 했습니다.

돼지는 6개월이면 어른이 됩니다. 대형 사육견의 경우, 6개월에서 1년이면 다 큽니다.

몇 마리 안 되지만, 비육우는 통상 2년이 지나야 제값을 받을 수 있을 만큼 성장합니다.

6월 반란이 있기 전 이미 봄에 입양된 새끼 돼지나 개들은 이미 성체가 다 된 것들이 꽤 많았습니다.

이날 어둠이 깔린 뒤 초대형 트럭 4대가 농장 마당에 들어왔습니다. 반란이 있고 나서 외부인이나 외부 물건이 공식적으로 반입된 건 처음입니다. 앞서 얘기한 대로, 썬스타 일당이 먹고 마시는 고급 과자와 술 사치품은 몰래 들여왔지만 말입니다.

트럭에는 왕겨와 둘둘 말린 볏짚 뭉치, 그리고 각종 사료 등이 가득 실려 있었습니다. 모처럼만에 외부에서 먹거리가 들어서자 동물들은 신이 났습니다. 그리고 군대식 훈련받은 대로 움직였습니다.

일단의 돼지들이 먼저 올라가 원형으로 돌돌 말린 볏짚 뭉치를 밀어내면 밑에 있던 다음 분대원들이 이를 받아 밀고 창고로 갔습니다.

개도 마찬가지였습니다. 사료와 기타 먹거리를 하차운반 조로 나뉘어 부지런하게 움직였습니다.

종마와 바꿔 들여온 일꾼 황소와 말은 개나 돼지들이 무거워 쩔쩔매는 큰 덩치를 거뜬하게 끌어 날랐습니다.

하역 작업이 끝난 뒤 개와 돼지 각 100여 마리는 마무리 작업을 위해 각 트럭에 올라가라고 지시받았습니다. 그들이 올라타자 트럭은 뒷막이를 닫고 곧바로 농장을 빠져나갔습니다.

울고불고할 여지도 없이, 순간적으로 싣고 달아나 버렸습니다. 물론 거래에 의한 작업이었습니다.

나 라구라, 얼마나 **빼먹었느냐**고요?

나중에 말씀드리겠습니다.

이날 팔려나간 개는 대부분 빨강 개, 옛날의 파란 개들이었습니다. 돼지도 피코 축사에 기거하던 놈들이 대부분이었습니다.

날이 밝자, 일부 개와 돼지들이 동료들이 없어진 데 대해 항의하는 등 약간의 소란이 있었으나, 곧바로 흐지부지되고 말았습니다. 썬스타 호위 개들의 '으르렁' 이 무서웠을 뿐 아니라, 우선 먹을거리가 푸짐해진 데 기분이 좋아졌습니다.

본격적인 추위가 닥치면 동물들은 사실 일거리가 없어집니다. 방씨 농장이었을 때는 사시사철 먹고 놀고 자고 하는 것 외에는 건강을 위한 산책 등이 전부였으나, 썬스타 공화국이 되고부터는 상황이 많이 달라졌습니다.

자동 시스템에 의한 먹거리 공급이 없어졌으므로 자기가 먹을 건 자기가 직접 챙겨야 했으므로, 놀 시간이 없었습니다. 과일이나 군것질 등도 직접 따거나 캐서 먹어야 했기 때문입니다. 거기다 걸핏하면 위에서 무언가를 자꾸 시켜 한가한 시간이 거의 없었습니다.

이제 아무튼 일용할 양식이 생겼습니다. 굶어 죽을 일은 없을 것 같았습니다.

사탁이 썬스타에게 말했습니다.

"각하, 원래부터 우리보다 열등한 인간을 포함해서 개, 돼지 할 것 없이, 민초란 것들은 배부르고 할 짓 없으면 짝짓기 아니면 불평만 늘어놓게 됩니다."

"그려, 그래서?"

"다른 생각을 못 하게 달달 볶으라는 얘깁니다."

"어떻게?"

"배급량을 적당하게 줄이고, 겨울 동안 사상 교육에 전력을 쏟도록 밀어붙여야 합니다."

"옳거니, 계획한 것 있으면 그대로 실행하도록."

"옛 썰."

"그리고 또, 겨울 동안 자연보호 캠페인을 벌이고, 자발적인 노력

봉사 참여를 독려하도록 해."

"옛 썰. 과연 지도자님은 영민하십니다."

사탁과 참모들은 사상교육 지침서를 작성했습니다.

일부러 어려운 용어를 많이 집어넣었고 내용도 길었습니다.

농장의 모든 구성원, 즉 동물공화국 인민들은 위대한 지도자의 말씀이니 하나도 빠짐없이 이를 숙지히고 행동해야 한다고 포고령을 내렸습니다.

그 내용은 다음과 같습니다.

〈우리는 썬스타 동물 인민 민주 평등공화국 중흥의 역사적 사명을 띠고 이 땅에 태어났다. 이 같은 영광을 되살려 안으로는 썬개통령에게 충성을 서약하고, 밖으로는 이 사실을 널리 알리도록 한다. 충성된 마음과 튼튼한 몸으로 주어진 일에 죽음을 불사하고 내가 할 수 있는 일이 무엇인가를 스스로 찾아 일한다.

평등과 절약을 앞세워 나의 고통이 동물공화국 발전의 초석이 됨을 자각하여 모두가 선두에 서서 실천한다. 특히 맛우동(마오쩌둥: 모택동의 오기) 정신과 백치혈통의 기운을 이어받은 썬스타에 모든 영광을 돌릴 수 있음을 자랑스럽게 생각한다. 아무리 지나쳐도 지나침이 없는 '썬스타는 언제나 옳다'는 신념과 평등사상에 어긋남이 없도록 동물 인민으로서 역할을 다할 것을 굳게 그리고 거듭 다짐한다.〉

이러한 다짐과 함께 다음과 같은 노래를 익혀 일할 때나 놀 때나 흥얼거리며 일상생활에 임하도록 지시가 하달됐습니다.

이 나라의 동물들이여

이웃 나라의 짐승들이여
이 좋은 소식에 함께 열광하라.
우리 썬개통령 농장의 오늘 같은
그날이 곧 오리라.

이곳 썬스타 동물인민 농장만이 아니라
지구상 모든 동물농장에서 인간이 사라질 날이.
그래서 자연의 모든 풀잎과 열매가
짐승들의 것으로 돌아올 그날까지
우리는 투쟁해야 할 것임을.

개 목걸이가 사라지고
소의 코뚜레가 없어지고
말 등에 멍에가 벗겨지고
모든 동물의 입에 물린 재갈이
사라지는 순간까지.

그렇게 되면 우리 농장처럼
상상조차 못할 부유한 건초와
밀과 사료와 우유가 넘쳐나리라.
그 모든 것이 우리 동물들의 것으로 말일세.
이 나라의 강과 들판은 무공해로 아름다워지고
더 맑고 밝아져 바람조차 상쾌해지며,

우리의 삶은 행복 그 자체이려니.

그날을 위해 지구상의 모든 동물이여
그날의 자유와 풍요로움을 위해
우리는 목숨을 초개같이 버릴 각오로
다 함께 투쟁합시다.
그날의 영광을 위해.

이 같은 긴 포고문을 받아 든 짐승들은 아연실색했습니다. 포고문 내용 중 노랫말은 소설 동물농장의 것을 거의 그대로 베꼈습니다. 무슨 말인지 모를 단어들도 많지만, 그렇게 긴 문장을 어떻게 외우라는 것이냐며 불만이 많았습니다.

뿐이랴, 노래를 가르친다며 앵무새는 점심시간마다 못 살게 등쌀이었습니다. 지난번 내려온 '백치혈통 썬스타는 언제나 옳다' 조차 못 외운 새나 닭들은 더 죽을 지경이었습니다. 새대가리로 아무리 용을 써봤자 헛것이었기 때문입니다.

앞 문장을 억지로 외우고 두 번째 줄로 들어가면 먼저 것은 까먹으니 방법이 없었습니다.

'앓느니 죽지.'

'날 잡아 잡수삼.'

'맘대로 하셔.'

'캐세라 세라다.'

조류뿐 아니라 집권자 측인 새로운 파랑 개 일부에서도 '이건 아니다' 며 불만을 내비쳤습니다. 그러나 공개적인 발언은 자제하고 울며 겨자 먹기로 따랐습니다.

그런데 문제가 터졌습니다. 문제 정도가 아니라 경천동지할 사건이 일어났습니다. 닭 부부가 스트레스에 시달리다 못해 죽은 것입니다. 거기다 돼지 가족 다섯이 집단 자살한 것입니다.

자살할 수 있는 동물은 인간밖에 없다는 게 정설 아닌가요? 그러나 침팬지도 자살한 사례가 보고된 바 있습니다. 또 돌고래나 염소, 누 따위도 대장을 잘못 따라가다가 죽는 경우가 있지만, 이러한 것들은 인간의 자살과는 조금 다른 것으로 해석합니다.

늙은 닭 부부는 당국에서 내려온 외우기 숙제를 하다하다 도저히 할 수 없자 스트레스에 의한 장꼬임으로 삶을 마감했다고 합니다.

다른 닭들과 떨어져 그들은 닭장 뒤 아무도 보이지 않는 모퉁이에서 꼭 껴안고 죽어 있었습니다.

돼지 가족은 썬스타의 독재에 치를 떨다가 '이렇게 사느니 차라리 죽는 게 낫겠다' 며 부모가 새끼들을 물어 죽인 뒤 부부가 자살한 정황이 밝혀졌습니다.

수퇘지의 죽음은 발톱으로 자기 숙소 앞 땅바닥에 삐뚤삐뚤 써 놓은 유서가 발견됨으로 스스로 목숨을 끊은 것으로 확인되었습니다.

'인간보다 못한 개새끼, 돼지보다 개보다 못한 개새끼 썬스타… 지옥에나 떨어져라' 는 게 유서 내용이었습니다.

'돼지와 닭이 농장에서 자살하다.'

언론에 알리면 특종감입니다. 그러나 나 라구라는 물론 그렇게 하지 않았습니다. 아무리 개념에게 고용된 인간이지만 바보는 아니거든. 특히 돈 계산은 잘합니다.

생각해 보세요.

내가 이 사실을 특정 기자에게 알린다면 완존 '대박' 특종 뉴스감이 되겠지만, 그렇게 되면 이 농장은 시끌시끌 세상에 알려지고, 경찰이 들이닥치게 될 것이며, 결국 동물들의 반란이 들통나게 되어 어떻게든 문을 닫게 될 테지요. 그럼 나의 눈먼 돈은 거기서 끝이 아닙니까.

제가 삥땅 뜯는 것도 사실 어마무시 큰돈입니다. 일반 월급쟁이를 기준할 때 말입니다. 초창기 6억을 슬쩍한 데 더해서 개나 돼지 등을 내다 팔 때 마리당 10만 원씩 떼먹었거든요. 지난번만 하더라도 개와 돼지 2백 마리를 팔았으니 최소 2천만 원이라는 거금이 생겼습니다.

이뿐이 아니지요.

그 돈으로 사료나 볏짚 등 동물들의 밥과 겨울나기 용품을 구입하면서 단 얼마라도 뒷돈을 챙기거든요. 보통 20% 정도의 리베이트를 받습지요.

이게 어디 한 번으로 끝납니까? 아니지요.

농장이 있고, 썬스타 개통령이 존재하고, 내가 있는 한, 정기적으로 이뤄질 테니 그 수입이 얼맙니까.

그까짓 것 얼마 된다고 그러느냐 할지 모르지만, 티끌 모아 티끌이 아니라 태산이 되거든요. 적어도 우리 서민들한테는.

이 좋은 파이프라인 ─좀 유식한 단어 써 봅니다─ 을 내가 왜 스스로 잠급니까?

야, 개 같은 소리 집어치우라고요?

아뇨. 생각해 보세요. 뭐 인간 세상은 개보다 나은 게 있습니까?

어쩌면 이곳 개 동네보다 더 개판일 수도 있잖아요.

권력에 아부하면서 자기들 실속만 챙기는 놈들 어디 한 둘입니까? 그놈들 쥐뿔만큼의 양심이라도 가졌습니까?

개들은 벌거벗고 살고 있습니다만, 인간은 가식의 옷을 입습니다. 더해서 양심은 아예 통째 내다 버리고 없잖습니까. 토끼야 살기 위해 간을 빼서 바위에 숨겨 뒀다고 거짓말을 했지만.

언젠가 신문에서 읽은 적이 있습니다.

대통령 기사를 쓰면서 한자로 대(大)자에 아차 잘못해서 점이 하나 붙어 버렸다지 뭡니까. 그래서 개 견자 견(犬)이 되는 바람에 대통령이 개통령이 된 것이지요.

물론 담당 기자는 '띠-ㄱ' 당했답니다.

까짓거 점 하나 잘못 찍어 대통령이 개통령이 되었다고 해서 진짜로 사람이 개가 된 건 아니잖아요. 그런데도 담당 기자를 자른 건 자기들 모가지 보존하려는 비양심, 곧 높은 넘의 개 같은 생각이었잖아요.

그 기자가 실수였는지 아니면 '엿 먹으라'며 일부러 그랬는지는 모르겠습니다만. 어쩌면 고의로 그랬을 가능성이 더 클 수도 있겠지만요.

하지만 나 라구라는 그런 어리석은 짓 안 합니다. 쫀심이 밥 먹여 주나요?

지금까지 썬스타와 완존 한패가 되어서 상부상조를 아주 잘하고 있다는 것입니다. 속으로는 이렇게 빌면서 말입니다.

"더도 덜도 말고 1년만 버텨주라, 이 문디 같은 썬스타 개새끼야."

아, 이야기가 삼천포로 빠졌네요.

다시 시작하겠습니다.

사건이 터지자 썬개는 먼저 앵무새를 불렀습니다.

"이 사건 다른 데 가서 불기만 해봐라, 너네 종족 전부 몰살이다."

잔치 날 내용도 모르고 노래를 불렀다가 무참하게 죽어 나간 꾀꼬리를 본 적이 있는 앵무새는 '옛 썰'만 연발했습니다. 그리고 이 사건을 발설하는 놈은 삼족을 멸할 것이라고 선포했습니다.

앞서 발표된 노래는 세 끼 식사 전과 10마리 이상 집단이 모이는 장소에서는 반드시 떼창하고 시작하도록 명령이 내려졌습니다.

동물들은 또 개통령의 특명에 따라 겨울 내내 자연보호 캠페인을 벌였습니다.

가뜩이나 축사에 난방이 끊어진 지 오래라 얼어 죽을 만치 추운 데다, 산비탈의 눈이나 얼음과 싸우느라 농장이 문을 연 이래 가장 혹독한 겨울을 보내야만 했습니다.

9. 어떤 동물은 다른 동물보다 더 평등하다

겨울이 지나고 봄이 왔습니다. '닭의 모가지를 비틀어도 아침은 온다'는 어느 정치가의 말처럼, 혹독한 겨울을 보낸 이곳에도 따스한 봄기운이 스며들었습니다.

그동안 농장에는 몇 가지의 변화가 있었습니다.

두 차례의 숙청 뒤, 6계명 가운데 '동물은 동물을 죽이지 않는다' 와 '동물은 술을 마시지 못한다' 등 인간과 관련된 항목을 삭제한 바 있습니다.

이어서 겨울이 지나자, 처음 게시되었던 우리가 지켜야 할 계명에는 모두 ×표가 치져 있었습니다. 대신 한 줄만 아주 큼지막하게 새로 씌여졌습니다.

"어떤 동물은 다른 동물들보다 더 평등하다."

입춘을 맞아 개통령은 모든 동물 인민을 운동장에 모아 놓고 신년사를 발표키로 했습니다.

연단을 향해 그는 거드름을 피우며 걸어오고 있었습니다. 양털로 짠 사람 옷을 입었고, 파란 목도리를 둘렀습니다. 선글라스를 착용하고 지팡이까지 짚었습니다.

옆에는 보디가드 8마리 개가 호위하며 따랐습니다. 연단에 오른 썬개통령은 마치 히틀러처럼 앞발을 들어 동물들에게 흔들었습니다.

"와. 와. 썬개통령 만세!"

"와, 멋있다. 쩐다 쩌."

"와, 오나전 조와!"

젊은것들의 환호가 대단했습니다.

"존경하는 동물 인민 여러분!"

입춘이라지만 산골짜기인 이곳은 아직 쌀쌀했습니다. 하지만, 어리거나 젊은 애들과 함께 썬빠 줌마들의 미친 듯한 열광에 추운지 더

운지 모를 정도였습니다.

"그리고, 사랑하는 시민 여러분!"

"와… 와…"

"우리가 혁명을 완수하고 완전한 동물 민주 평등 공화국이 수립된 뒤 맞이하는 첫 번째 봄입니다."

그는 그동안 약간의 어려움이 없지는 않았으나 인간을 쫓아내고 우리끼리 일궈온 농장의 발전이 더없이 기쁘다고 말했습니다.

"여러분, 여러분은 인간에게 착취당했던, 저 처절했던 동물농장으로 다시 돌아가기를 원합니까?"

"노, 노, 아니요."

"싫어요. 지금이 좋아요."

"그렇지요, 지금이 좋지요?"

그는 지난겨울의 추위와 기아 죽음 등에 대해서는 한마디 사과나 언급조차 없이, 전과 비교해서 월등하게 좋아진 급식 등에 대해 자화자찬으로 일관했습니다.

"뭐, 급식이 좋아졌다고?"

"저런 걸 두고 유식한 말로 '유체이탈법'으로 말한다는 거지."

"뭐. 무슨 이탈? 그게 뭔디여?"

"쉬운 말로 '헛소리'라는 거지."

"옳커니, '미친 소리'라는 거로구면."

"완존 개 짖는 소리라는 거네."

"그럼 개가 짖는 게 개소리지 쥐새끼 소리냐?"

"야, 너 말 다 했어? 왜 죄 없는 쥐를 건드려?"

"야, 네가 옆에 있는 줄 몰랐어. 거듭 먀ㄴ."

"저 미친개 놈. 어디서 온 녀석이야?"

"금성에서 왔어? 화성에서 왔어?"

"쉿 조용히 말해, 개 놈 들어."

"아니, 사람 흉내 내는 놈 모두 적이라면서 저놈 좀 봐."

"야, 언제부터인데 지금 와시 새삼 뭔 소리여?"

"기가 차서 하는 말이다."

"그래서 올해부터는 우리 동물들이 '더 잘 먹고' '더 잘 지낼 수 있도록' 새로운 경제정책을 실행키로 했습니다."

개통령은 이것을 '평등소득 성장론,' 약칭 '평소성'이라고 이름 붙였습니다. 어느 나라 인간들의 '소주성'에 비해 한층 더 업그레이드된 경제정책이라고 말했습니다.

'소주성'은 '소득주도 성장론'을 말하는데, 이것은 가계소득을 억지로 올려 다 같이 부자가 되자는 것인데, 엉터리라는 것이었습니다. 이 조치를 시행한 결과 오히려 '빈익빈 부익부'가 심해져서 가난한 층은 더 못 살게 되었다는 것입니다. 그들이 반대하던 자유시장경제의 기업주도 성장론보다 훨 못했다는 것입니다.

'평소성'이란 이런 정책들과는 차원이 다른 우리 동물 사회에 꼭 맞는 최상의 정책이라고 말했습니다. 한마디로 동물별, 집단별, 가정별, 개개 동물별로 똑같이 평등하게 나누어 먹는다는 것이었습니다.

"늙어서, 힘이 없어서, 아파서, 어리기 때문에 일을 못 했다고 반만 주면 그들은 어떻게 살아. 안 그렇습니까? 여러분."

"옳소, 옳소. 다 같이 공평하게, 다 같이 평등하게. 우리는 평등한 동물이니까."

그리고 남는 것을 모아서 다시 또 꼭 같이 나누게 되면 어제보다는 오늘이, 오늘보다는 내일이 더 잘 살게 된다는 설명이었습니다.

"백치혈통 썬스타는 언제나 옳아. 맞아, 언제나 옳아."

그렇게 함으로써 '부자 위에 부자 없고, 가난 아래 가난 없는' 완전한 평등 사회, 평등 동물농장이 이뤄진다며 힘차게 말했습니다.

이어서, 새봄을 맞아 개통령의 특별하사품을 보면 '평등이 무엇인지를' 알게 될 것이라고 말했습니다.

특별 하사품은 바나나였습니다.

바나나는 덩치 큰 황소나 일꾼 말부터 염소나 돼지 개 닭 병아리에 이르기까지 모든 동물에게 '한 개씩' 똑같이 배급됐습니다.

이를 받아 든 동물들은 완존 뒤집어졌습니다. 특히, 위대한 지도자 썬스타 개통령의 하사품인 만큼 병아리가 다 먹지 못한다고 해서 뺏어 먹으면 엄한 처벌이 따를 것이라고 했습니다.

주어진 몫은 누구든 반드시 다 먹어야 한다는 게 평등인 만큼, 지시를 잘 따르라고 강조했습니다.

"또 몇 놈 죽게 생겼구나."

"아, 레미저러블."

여기 동물농장이나 인간사회나 세대 차 갈등은 같은가 봅니다. 어쩌면 동물 사회가 더 심한지도 모르겠습니다.

'요즘 애들, 요즘 어른들' 이라는 책을 보면, 나이에 따라 똑 부러지게 이 둘을 구분했습니다.

만 나이로 35이하는 애들, 40이상은 어른들로 나누었습니다.

그 사이의 36~39의 어정쩡한 낀 세대의 경우는 어른이 됐다가 애가 되기도 하는 제멋대로인 셈입니다.

영어로는 X세대 이전은 어른으로, 밀레니엄 세대 이후는 애들인데, 이는 또 밀레니엄, X세대, 알파 세대, MZ세대 등으로 세분화했습니다. 그러나 동물 세계에서는 이처럼 딱 부러지게 구분하기는 힘이 듭니다.

왜냐하면, 동물별로 제각각 수명이 다른데다가 농장에 있는 기간 또한 대부분이 1년 안팎이기 때문입니다.

특히 가장 많은 수의 개나 돼지가 그렇습니다.

따라서 이곳에서는 6개월을 기준으로 많으면 '요즘 어른', 적으면 '요즘 애들'로 구분하면 될 것 같습니다.

'요즘 애들' 가운데서도 특히 반란, 곧 그들이 말하는 동물혁명 후에 태어난 녀석들은 '기가 찬' 세대로 불립니다. 어른이나 나이든 꼰대들의 시각에서 볼 때, 기가 찬다는 의미입니다. 기가 찬 세대는 글조차 배우려 들지 않고, 언어도 표준말보다는 '뭐o미' '떡실신' 같은 듣도 보도 못한 희한한 신조어만 쓰는 애들입니다.

태어나기 전 어미 뱃속에서부터 앵무새가 부르는 '썬스타는 언제나 옳아'라든가 '썬개 만세'만 들어온 터라, 머리칼부터 뼛속까지 모태 썬빠일 수밖에 없는 세대입니다. 따라서 썬스타에 대한 평가나 생각이 어른과 다른 것은 당연합니다.

'웃는 모습'을 두고 이들 생각의 차이를 들어보면 너무나 다름을 알 수 있습니다. '능글맞은 웃음'이라는 어른과 '다정한 웃음'이라는 애들이 바로 그들입니다.

'징글맞다'는 어른과 '인자하다'는 애들,

'비웃음 같은 표정'이란 어른과 '겸손의 웃음'이라는 애들,

'비실비실 웃는 꼬락서니'라는 어른과 '친절하기도 한 웃음'이란 애들,

'헛웃음'이란 어른과 '진지한 웃음'이란 애들.

웃음뿐 아니라 거의 모든 분야에서 어른과 애들 세대의 사고는 이렇게 극과 극으로 나누어졌습니다.

'평소성' 정책에 따라 봄부터 모든 동물에게는 '절대적 평등'의 식량이 배급되었습니다. 그런데 절대적 평등의 기준이 문제였습니다.

같은 개지만 빨간 개와 파랑 개의 배급량 차이는 엄청났습니다.

썬스타 패거리인 옛날 빨간 개, 지금의 파랑 개는 성견을 기준으로 강아지까지 모두 같은 양을 배급했습니다.

반면에 옛날 파랑 개, 지금의 빨간 개한테는 강아지를 기준으로 배급량을 정해서 나눠줬습니다.

파랑 개들은 배가 터져 아플 지경이었고, 빨간 개는 배고파 죽게 생겼습니다.

개뿐만이 아니었습니다.

집권층이 볼 때 '우리 편'은 무조건 많이, '반대편'은 절반 수준으로 지급했습니다. 모든 일에 '내 편'이냐, '네 편'이냐에 따라 대

우가 천양지차였습니다.

배급량만이 아니었습니다.

작업 시간과 작업량 배정도 마찬가지였습니다. 내 편은 일주일에 26시간, 네 편은 52시간이었습니다.

식량과 시간이 남아도는 측과, 종일 일에 매달려도 허기진 배를 채우지 못하는 새로운 빈곤층이 형성된 것입니다.

결국, 동물사회에서 '듣보잡' 같은 일이 벌어졌습니다. 도둑질이 나타났고 밀거래가 횡행했습니다. 매춘까지 등장했습니다. 이와 함께 자살이 급격하게 늘어났습니다. 이런저런 유언비어가 난무했습니다.

지도층은 그러나 이러한 사태에 눈을 감고 귀를 막고 입을 다물었습니다.

'사흘 굶어 도둑질 안 할 놈 없다' 는 속담 그대로였습니다.

옆 축사에 들어가 볏짚을 훔쳐 오는가 하면, 사료 창고를 뚫고 들어가 먹을 것을 빼내 왔습니다.

도둑질할 용기나 힘이 없는 놈들은 과수원에 몰래 들어가 아직 피지도 않은 꽃잎이나 익지도 않은 과일을 따 배를 채웠습니다.

인간사회에서 말하는 초근목피로 끼니를 보충했습니다. 들키면 초죽음, 개죽음을 당하면서도 어쩔 수 없었습니다.

초기에는 소량으로 몰래 이뤄지던 밀거래가 시간이 지남에 따라 공공연하게 대량거래로 늘어났습니다.

볏짚을 주고 사료와 바꾼다든가, 사료와 달걀을 주고받는 식이었습니다. 밀거래의 대표적 물품은 달걀로, 이것은 돈과 같은 것이 되었습니다.

북한판 장마당 같았습니다.

가장 놀랄 일은 매춘이었습니다.

매춘은 배급량이 넘쳐나는 파랑 개와 썬스타 편에 선 돼지들이 주 고객들이었습니다. 어느 순간 '짧은 시간은 달걀 5개, 긴 시간은 10 개, 하룻밤은 20개'로 가격표도 매겨졌습니다. 사용하지 않는 헛간 이나 옛날 사료 창고 등이 밀매춘 장소였습니다.

"황송하지만 저와 잠깐 한 번 하실까요?"

"물론이지. 그런 거라면 따블로 황송해도 좋지."

시간이 지나자 아예 집창촌이 형성됐습니다.

파랑 개들은 창녀촌의 개들과 노는 것도 싫증이 났습니다.

"뭐 좀 더 재밌는 거 없을까?"

"야, 이것 한번 해보는 게 어떨까?"

"………"

"그거 재밌겠는데, 가 보자."

수캐들은 암돼지 창녀들을 찾아갔습니다.

"야, 나랑 한 번 붙자."

"오키, 못 할 것 없지. 돈부터 내고."

암돼지는 수캐 앞으로 다가가 엉덩이를 내밀었습니다.

벌거벗고 사는 놈들이라, 옷 벗을 일 없는지라, 곧바로 시작했습니다.

개는 돼지 엉덩이 위로 올라갔습니다. 그러나 아무리 용을 써도 거시기가 제대로 들어가지 않았습니다.

옆에서 구경하는 놈들도 흥분했습니다.

"뭐해 빨리 해. 홧 팅."

아무리 애를 써 봐도 안 됩니다. 엉덩이를 내밀고 있던 발정한 암돼지가 더 흥분했습니다.

암돼지는 발버둥 치는 수캐의 목을 끌어안고 땅바닥에 발라당 누워 다시 시도했지만 헛수고였습니다. 한 마디로 가관이었습니다. 웃고픈 현실이었습니다.

수돼지도 마찬가지였습니다. 돼지끼리 재미없으니까 개를 찾아 짝짓기를 시도했지만, 역시 쓴 물만 마셨습니다.

개는 돼지 대신 닭을 찾아가는 등 별짓을 다 했으나, 모두 뻘짓만한 꼴이 되었습니다.

2차 대전 당시, 히틀러는 인간 살인 병기를 만들기 위해 생물학자들을 동원한 바 있습니다. 인간과 원숭이를 교배시켜 라이거나 노새 같은 반인반원(半人半猿)을 만들려고 시도했으나, 실패했습니다.

이종교배(異種交配)라는 게 그런 겁니다.

동물학자들이 여기 있었다면 '이종교배'와 관련한 연구논문 몇 편은 간단히 나왔을 텐데 아쉽습니다.

그렇다고 농장에서 집창촌(集娼村)이 사라진 건 아니었습니다. 발정한 암놈들을 고객으로 모시는 남창들까지 등장했으니 말입니다.

한마디로 웃기는 18판이었습니다.

오로지 살아남기 위해 장마당과 집창촌까지 생겨났으나 팍팍해진 삶이 나아질 턱이 없었습니다. 자살이 늘어날 수밖에 없었습니다.

'평등'과 '더 평등'한 것의 공존이 이렇게 무서웠습니다.

'사흘이 멀다' 하고 스스로 목숨을 끊는 가족들이 생겨났습니다. 실연에 의한 자살 도미노 '베르테르 효과'가 아닌, 빈곤에 의한 극단적 선택이 유행처럼 번지는 건 무슨 효과라고 부르는지 모르겠으나 안타까움은 더해만 갔습니다.

나 라구라는 이 와중에도 수입은 줄지 않았습니다. 느닷없이 죽은 동물들은 얼른 밖으로 내다 팔아야 하는데, 산 놈의 반값도 못 받았어요. 물론 썬스타 일당과는 짬짜미로 서로가 눈감아 주었지요.

이를 판 돈으로 그에게 가짜 양주라든가 하사품으로 쓸 싸구려 중국산 이과두주 등을 사서 상납했습니다.

가끔은 양심의 가책을 느껴 죽은 가족과 동료들을 위로하기 위해 마시메롱 과자나 아이스케키 같은 것을 사서 안겨주기도 했습니다.

'인간으로서 그럴 수 있느냐?'며 욕할지 모르나, 그럴 수 있지요. '개처럼 벌어서 정승처럼 써라'는 말이 있잖아요. 난 이 말에 아주 성실히 따르고 있을 뿐입니다. '개처럼'이 아니라 '개보다 못하게' 번 돈을 언젠가 정승처럼 쓸 날이 오겠지요. 뭐.

그때 가서 나한테 돈 빌려 달란 말씀 마십쇼. 선상님들.

그런데 세상에는 비밀이 없다고 합니다. '낮말은 새가 듣고 밤말은 쥐가 듣는다'는 말처럼요. 농장의 이러한 치부를 새도 쥐도 다 알지만 그건 문제가 되지 않는다고 합니다. 그들은 썬스타가 무서워서 '찍' 소리 한번 못 내니까요.

문제는 농장을 휘젓고 다니며 울타리 안팎을 맘대로 넘나드는 그놈 원숭이 때문이지요. 방씨 농장일 때 선물로 받은 한 쌍이 그들인데, 동물들의 반란 와중에 우리를 탈출했습니다.

　　지금은 대가족을 이룰 정도로 식구도 늘어났는데, 농장 바깥 산속에 보금자리를 마련해서 '루루 라라' 잘 먹고 잘살고 있습니다. 누구의 간섭도 받지 않은 채 말입니다.

　　이놈들은 심심하면 농장에 나타나 옛날 동무들과 이런저런 얘기를 나누며 놀다가 신변에 위협을 느끼면 잽싸게 도망쳐 버립니다.

　　썬스타도 하루는 나를 찾아와 이놈을 잡아 달라고 요청했었지요. 나는 그것만은 안 된다며 정중하게, 그러나 단호하게 거절했습니다.

　　"생각해 보십시오, 개통령님. 내가 만약 총으로 빵! 해서 한 마리를 잡았다 칩시다. 그래봤자 다른 놈들 다 도망쳐요. 한꺼번에 잡을 수가 없단 말입니다."

　　"음……"

　　"글구, 포수들을 동원하는 등 어찌어찌해서 한꺼번에 잡는다고 칩시다. 문제가 더 심각해집니다."

　　"……?"

　　"그렇게 되면 경찰들이 들이닥치잖아요. 농장은 '도로아미타불'이 되고 맙니다."

　　"방법이 없을까? 넌 인간이잖아, 생각 좀 해봐."

　　"글쎄요."

　　"……"

"원숭이 그놈들 나쁜 이웃임에 틀림이 없습니다. 그러나 어쩔 수 없는 이상 '밀당' 하면서 '불가근불가원(不可近不可遠)' 함께 지내는 것도 방법 가운데 하나가 아닐까 합니다만⋯⋯."

"불가근⋯ 뭐라고?"

"넵, 너무 가깝게도 너무 멀리도 하지 말라는 얘깁니다."

"알았다. 생각 좀 해 보자."

썬스타는 그 뒤에도 원숭이 가족이 유언비어를 퍼뜨리는 장본인이자 원흉이라며 이를 갈았으나 뾰족한 대책이 없었어요.

'사실은 유언비어가 아니거든, 모든 게 사실이거든'이라고 말하고 싶었으나, 나도 내 모가지를 생각해서 꿀꺽 참았습니다.

원숭이 가족은 농장의 동물 가운데 나랑 가장 친했기 때문에 그를 변호해 줬는지도 모르겠습니다.

나는 가끔 그들이 좋아하는 바나나와 마른 과일 또는 피너츠 등을 한 보따리씩 선물하곤 해서 좋은 관계를 유지하고 있었습니다.

아무래도 원숭이는 사람과 가장 가까운 동물이어서, 생각도 말도 가장 잘 통해서 그랬던가 봅니다.

10. '일처다부'도 좋다. 무조건 출산율을 높여라

　'평등소득 성장론'이 힘을 받기는커녕 양극화 현상만 짙어졌습
니다. 썬개 패거리 일부를 제외하고는 갈수록 먹고살기가 팍팍해지
자 늘어나는 건 도둑과 자살, 창녀촌뿐이었습니다. 이러다 보니 출

산율도 시간이 지날수록 빠르게 곤두박질쳤습니다.

동물들도 기운이 있어야 짝짓기를 하든 흘레를 붙든 할 것인데, 배고파 미치겠는 마당에 거시기고 뭐고 할 맘이 없었습니다.

부지런히 짝짓기가 이뤄져야 태어나는 놈이 많아지고, 빨리 커야 생산성도 올라가고 출하도 시킬 텐데, 그게 안 되는 거였습니다.

돼지의 합계 출산율이 전에는 평균 6.6마리를 웃돌았으나 지금은 절반에도 미치지 못하는 3.1마리로 줄었습니다.

개는 3.1마리에서 삼분의 일인 1.1마리로 감소했습니다.

달걀 생산량은 더 크게 줄어 하루 0.8개에서 0.2개로 1/4수준이었습니다.

거기다가 먹거리 부족에 신체 발달이 지체됨으로써 성체 기간도 더 길어졌습니다.

돼지는 통상 6개월이면 어른이 다 됐으나, 봄에 태어난 놈이 아직도 애들 티를 벗어나지 못합니다.

개도 마찬가지입니다. 성체가 되고도 남을 놈들이 아직도 빌빌하기만 합니다. 다이어트를 한 것도 아닌데 많은 동물이 버쩍 말라 갔습니다. 먹거리 부족으로 악순환만 거듭되고 있는 거였습니다.

농장은 갈수록 쪼그라들었고, 활력이 떨어지는 만큼 불만은 상대적으로 늘어났습니다.

획기적 대책이 필요했습니다. 수단 방법 가리지 않고 출산율을 높일 비상 대책이 절실해졌습니다.

그러자 썬개통령은 기상천외한 정책을 발표합니다.

출산율과 생산성을 한꺼번에 높이는 방법으로 '교미의 활성화' 방안을 내놓았습니다.

섹스의 즐거움을 통해 힘든 노동의 고통을 잊고, 신나게 일함으로써 새끼도 많이 낳고 생산성을 높일 수 있다는 계산이었습니다.

이 아이디어는 영악하기 그지없는 사탁의 머리에서 나온 것인데요. 주요 내용은 다음과 같았습니다.

하나: 미성년의 기준연령을 확 낮춘다.

미성년의 기준 나이를 지금보다 하향 조정하게 되면 가임 암놈의 숫자는 현 상태에서도 그냥 증가합니다. 동물별로 다르긴 하지만 돼지의 경우 현재 5개월인 미성년 기준을 3개월로 크게 줄임으로써 가임 돼지는 60% 이상 늘어납니다. 개는 현재의 6개월을 4개월로 낮춥니다. 닭은 2개월에서 1개월로 절반으로 조정, 가임 암탉은 그 자리에서 갑절로 불어납니다.

이렇게 함으로써 그동안 흘레를 붙지 못해 딸딸이로 자위하던 어리거나 젊은 애들의 교미가 늘어나 자연스레 신생아 숫자가 늘어나는 효과를 얻게 될 것입니다.

또 개보다 못한 사람을 포함해서 개나 돼지나 소나 말이나 할 것 없이 대부분 동물은 어린년이나 어린놈, 이른바 영계를 좋아합니다.

따라서 크게 낮춘 미성년 기준으로 갓 성년이 된 어린 연놈의 인기는 상한가를 기록, 중늙은이들도 밤낮없이 이들 영계들과 붙어 지내게 될 것입니다.

둘: 미성년 기준을 낮춤에 따라 조혼을 권장한다.

수컷은 생식기능이 있고 암컷이 임신 능력이 있다면 가능한 어릴 때 결혼시켜 임신 횟수를 최대한 끌어올리도록 합니다.

셋: 암수 할 것 없이 교미 시 콘돔 사용을 금한다.

섹스는 자신이 즐기는 이상으로 종족 보존의 임무가 우선이기 때문입니다.

넷: 의무 합방제를 시행한다.

다 큰 암수는 최소한 주 1회 이상 교미를 해야 합니다. 고정된 상대, 즉 남편이나 아내가 아닐지라도 상관없다는 것입니다.

다섯: 교미의 자유화, 이른바 프리섹스는 미덕으로 간주한다.

그동안 간통죄는 없어졌으나 강간은 유죄로 처벌받았는데, 이제부터는 강간도 무제한 허용됩니다. 암수 평등의 원칙에 따라 수놈이 암놈을, 암놈이 수놈을 겁탈해도 처벌받지 않게 됐습니다.

특히 암놈은 '언제 어디서나, 어떤 놈이냐'를 막론하고 수컷이 '하자'고 하면 무조건 응해야 합니다. 나아가 일본 여성의 기모노 차림처럼, 수컷이 쉽고 편하게 일을 치를 수 있게 최대한 준비를 해야 한다고 말입니다.

기모노에는 등에 베개와 담요 등 이부자리 비슷한 것이 붙어있는데, 사실 여부를 떠나, 이것은 어느 왕조 시대 일본의 어느 군주가 인구증가 책, 특히 군인의 숫자를 늘리기 위해 강제했다는 말이 있습니다. 여자는 이것뿐 아니라 남자가 일을 쉽게 치를 수 있도록 하의 속옷, 곧 팬티를 입지 못하게 했다고 합니다. 이것이 지금껏 전통으로 내려와 지금도 기모노를 입을 때는 팬티를 입지 않는다는 설이 있으나, 진짜인지 가짜인지는 모르겠습니다.

그 결과, 생면부지의 남자와 그 짓을 해서 얻은 아이의 성은 남자와 붙은 장소를 따서 지었다는 우스개 같은 이야기가 전해집니다.

시골 우물가는 무라이(村井), 밭이면 다나까(田中), 시장 바닥이면 이바치(井原), 개천이면 가와배(川邊), 오동나무 아래면 키리모토(梧下), 물위에서 했다면 미나카미(水上) 등이 그런 것이랍니다. 그래서인지 일본의 성씨는 무려 10만 개가 넘는다고 합니다.

농장의 경우, 준비된 암놈으로부터 '하자'는 요구를 거절하는 수컷은 처벌받는다고 합니다. 왜냐하면 암수는 항상 평등해야 하니까요.

여섯: 일부다처(一夫多妻)와 일처다부(一妻多夫)를 장려한다.

마찬가지로 남친과 여친은 많을수록 칭찬받습니다. 능력이 되는 한 수컷은 많은 암컷을 데리고 사는 것을 권장 받고, 암컷 또한 마찬가지입니다. 한 놈이 많은 수컷을 거느리는 것은 추앙받을 일이라는 겁니다.

꼭 함께 살지 않더라도 다다익선(多多益善), 많은 암수 정부를 두고 있으면 마찬가지로 대우받습니다. 이렇게 되면 남편인지, 아내인지, 정부인지, 마구 뒤엉킵니다. 누구의 아내이자 누구의 정부가 되고, 또 다른 남편이자 또 다른 암컷의 정남이 되는 것이지요.

옛말에 '호걸은 색을 좋아한다'는 말이 있는데, 이를 거꾸로 '색을 좋아하면 호걸'이 되는 것처럼 부추겼습니다. 결과적으로 혼음이 일반화되고, 떼 쌍시옷이 일상화되었습니다.

동물들은 너나 할 것 없이 모두가 신이 났습니다. 개나 소나 할 것 없이 모든 종류의 동물은 남녀노소 불문하고 본능을 충족할 수 있게 해주는데 싫어할 리가 없었습니다.

때맞춰 씬개는 '비축 창고'를 열어 한 마리당 일주일 치 식량을 보너스로 지급했습니다. 동물 구분 없이, 남녀노소 차별 없이, 공평하게, 평등하게 지급됐습니다.

'여러분의 헌신적이고 충성된 노력으로 생산성과 출산율이 괄목하게 증가하게 됨을 진심으로, 미리 감사드린다'는 씬개통령의 인사장과 함께 주어졌습니다.

덧붙여, 그동안의 고생에 대한 또 하나의 보답으로 일주일간은 아무 일도 안 하고 놀 것을 허용했습니다. 교미는 열심히 해도 좋다는 단서가 달려 있었습니다.

'과연 썬스타는 언제나 옳아'라는 소리가 다시 농장 안에 퍼졌습니다. '내가 언제 왜 썬개통령 욕을 했지?' 하며, 그 동안의 지옥 같았던 생활은 까마득하게 잊어버렸습니다.

일주일 내내 미친 듯이 빨고 핥고 포개느라 모든 동물은 무아지경에 빠졌습니다. 모두가 진짜 진짜 썬스타를 하나같이 칭찬하며 다시 한 번 충성을 맹세했습니다.

이에 썬개는 임신과 출산에 대한 보너스도 두둑하게 책정했음을 알리고, 더욱 쌍시옷에 전심전력을 다해 줄 것을 동물 인민들에게 요청했습니다.

결과는 단기간에 나타났습니다.

동물 구분 없이 배가 불룩한 암컷들의 숫자가 눈에 띄게 많아졌습니다. 얼마 지나지 않으면 새끼들의 숫자가 크게 그만큼 늘어나겠지요. 농장도 어느 때보다 활기차고 힘이 넘쳐나고요.

일곱: 근친혼도 좋다.

우리는 동물이지 위선의 가면을 쓴 인간이 아니다. 더구나 공자 왈, 맹자 왈 시대도 아니다. 따라서 가족과 누구랑 뒹굴다 흘레를 붙어도 좋다. 말하자면 '근친혼도 좋다, 새끼만 많이 낳아다오' 입니다.

근친혼이든 원친혼이든 따지지 말고 출산율만 높이면 그것이 가정의 복이고 동물공화국에 대한 충성임을 강조했습니다.

공맹자 시대 인간들, 겉으론 도덕군자인 척하면서 숨어서 벌인 근친혼이 셀 수 없이 많았음을 야사들은 밝히고 있습니다. 그에 비해, 우리 동물들이 모든 것을 벌거벗고 솔직하게 누구 하고나 교미하는 것이야말로 더 도덕적이라는 것입니다.

여덟: 동성애는 절대 금한다.

게이나 레즈비언 등 동성애는 결코 허용되지 않습니다. 걸리면 엄한 처벌을 받습니다. 생식기를 떼어내는 궁형을 받습니다.

이는 자연의 섭리를 거부한다든가 하는 그런 고상한 이유로서가 아니라, 동성끼리는 새끼를 임신시킬 수 없기 때문입니다. 이는 공화국 정책에 위배 되는 범죄입니다.

아홉: 이종교배는 허용한다.

물론 종이 다른 동물끼리 아무리 붙어봐야 임신은 안 됩니다. 하지만 혹시 성공하게 되면 과거 인간의 과학적 연구로도 실패했던 것을 우리 동물들이 이뤄내 새로운 역사를 쓰게 될지도 모르기 때문입니다.

이러한 규정들 가운데서 세 번째의 의무합방제는 유명무실하게 되었습니다. 동물들이 스스로 그 이상 밤낮없이 뒹구는 판에 최소 주1회라는 것은 웃기는 이야기가 되었습니다.

이러한 여러 가지 교미의 자유화 정책으로 한때 꽤 북적대던 집창촌은 파리 날리게 됐습니다. 그나마 그들로서 다행인 것은 이종교배를 허용한 덕에 사이코나 성도착증 동물이 눈치 안 보며 대놓고 드나들어 어렵게나마 굴러갔던 것입니다.

반면에, 부작용이 나타나는 데 그리 오랜 시간이 필요하지 않았습니다. 이건 뒤에 이야기하겠습니다.

암튼, 말도 안 되는 프리섹스 정책으로 민심을 다시 얻게 된 썬개 패거리들은 더 기발한 이벤트를 기획했습니다.

썬개가 직접 발표한 프리섹스 정책 제2탄은 '동물들의 섹스 페스티벌'이었습니다.

진짜로, 진짜로, 세상에서 처음인 기상천외 동물섹스 축제였습니다. 축제는 그들의 혁명 1주년 기념일인 6월 6일 열기로 했습니다.

행사는 지금까지 없었던 초대형 축제로 개최될 것이라고 했습니다. 썬개가 명예위원장이 되고 전임 내무장관 진도가 추진위원장을 맡았습니다.

세계적 페스티벌인 브라질 리오 삼바 축제를 넘어서는 초대형, 초호화, 초흥미의 역사적 잔치마당이 될 것이라고 강조했습니다.

동물들은 하나같이 신나 했습니다. 그날까지는 대충 3개월 남았습니다.

행사가 펼쳐질 운동장과 무대설치 작업부터 시작됐습니다. 동물들의 새로운 노역거리가 생긴 것입니다. 그러나 누구도 불평 없이 작업에 임했습니다.

모두가 더 신나는 '섹스 파티', '섹스 춤판', '섹스 퍼레이드', '섹스 경연대회' 생각만 해도 즐거웠습니다. 모두가 주인공이자 관객이 되는 잔치마당인 만큼 하나같이 열심이었습니다.

첫째는 무대 작업입니다. 전에부터 있던 연단을 최대한 넓히기로 했습니다. 축제 하이라이트인 섹스 킹 & 섹스 퀸 경연 무대가 될 것으로 가장 공을 들이는 곳이었습니다.

목재는 방씨 농장일 당시 축사 증개축용으로 사둔 것이 창고 한 귀퉁이에 그대로 쌓여 있어 가져다 쓰면 되었습니다.

하지만 쉬운 일은 아니었습니다.

현장으로 옮기는 일은 황소와 일꾼 말이 있어 어렵긴 하나 불가능할 것 같지는 않았습니다. 그보다는 창고의 것을 마차와 우차 뒤 수레에 싣고 내리는 것부터가 여간 힘든 게 아니었습니다.

몸집 가벼운 놈이 쌓여있는 목재 위로 올라가면 무거운 놈이 밑에서 받아 듭니다. 상대적으로 육체 노동력이 더 들어가는 것은 돼지의 몫이었습니다.

"넘 힘들다. 잠깐 쉬고 하자."

"근데, 삼바 축제 본 적 있어?"

"진짜 재밌어?"

"말로만 들었지. 난 몰라."

"난 트럭에 실려 농장을 옮겨 나니는 와중에 빌딩 벽에 붙어있는 초대형 TV를 통해 잠깐 본 적 있어."

"정말 요란해?"

"말도 마. 정말 굉장해."

"근데, 퍼레이드 하는 인간들 참 웃기더라."

"왜?"

"인간이란 것들이 우리 동물의 탈을 쓰기도 하고, 치장이 하도 요란해서 도무지 뭐가 뭔지 모르겠는 거 있지."

"……"

"게 중에 눈에 띄는 건 엉덩이 춤추며 행진하는 암컷들, 아니 여자들인데, 말로 표현하기 힘들 정도야."

"어떤데?"

"옷을 입은 건지 벗은 건지 모르겠고, '날 좀 보소' 하는 듯 형형색색 색칠한 배꼽을 내놓은 지랄 춤을 추더라."

"뭐ㅇ미? 지랄 춤?"

"배꼽만 '날 좀 보소'가 아니라 엉덩이까지 홀라당 까놓고 요리조리 흔드는데, 야, 진짜 미치겠더라."

"그냥, TV 화면에라도 확 덮치지 그랬냐?"

"맘이야 백 번도 더 그러고 싶었지만, 그게 말이 돼? 돼지우리에 갇혀 실려 가는 주제에."

"하긴 그려, 힘들었겠다."

"지랄 춤이 아니라 그게 바로 섹시 춤이라는 건가 봐."

"야, 2부는 좀 있다 듣기로 하고, 하던 일이나 계속하자."

목재를 내리느라 진이 빠질 대로 빠진 돼지들은 풀썩 주저앉았습니다. 다 내렸는가 싶어 쳐다보니 반의반도 못 내렸습니다.

"아니 벌써 해가 졌네. 밥시간 다 됐다."

"내일 또 하자."

"삼바 춤 이야기는?"

"아껴야지. 낼 또 듣자."

다음 날, 돼지들은 일단 내려 둔 목재를 마차 수레에 실었습니다. 이때도 덩치 큰 돼지가 아래에서 받치면 양쪽에서 다른 돼지 두 마리가 널빤지를 돼지 등 위로 올렸습니다. 피라미드 쌓는 식으로 한 단계 한 단계 올려 실었습니다.

내리기는 올리기보다 훨씬 쉬웠습니다. 뒤쪽 수레 끝을 비스듬하게 낮춰놓고 위에 올라가 주둥이로 꺼내 몸집으로 밀어냈습니다.

"이 정도는 나폴레옹이 돼지 통령인 동물농장 소설에 나오는 풍차 만드는 것과 비교하면 껌이야."

"뭔 말이여?"

나이 든 돼지가 대충 이야기했습니다.

그곳은 돼지가 보스인 동물농장인데, 이곳처럼 전기가 끊어지자

물레방아를 세워 방앗간을 만들기로 한 것인데, 그러자면 나무뿐 아니라 적당한 크기의 바위가 필요했습니다. 산에 올라 커다란 바위를 여럿이 굴러 아래로 떨어뜨려 작게 쪼개야 했는데, 이 과정에서 여럿이 다치거나 죽기도 했다고 한 것입니다.

"이곳 농장과 비교하면 더 고통스러운 헬 팜, 진짜배기 지옥 농장이란 뜻이지."

"그럼, 여기는 천당과 가까운 지옥 농장이란 얘긴가요?"

"그건 아니고, 지옥이긴 하지만 거기보단 낫단 말이지."

지옥 이야기에 갑자기 매가리가 빠졌고 힘도 더 들었습니다.

"쓸데없는 소리 집어치우고 일이나 하자."

"그래, 이왕 섹스 경연대회나 생각하며 신나게 하자."

"그럽시다. 그려."

"어제 하던 삼바 춤 얘기 계속해 봐."

"알았삼."

그는 자기가 잠깐 본 것에 뻥을 더해 침을 튀겨가며 신나게 읊어댔습니다.

구경꾼들도 덩달아 춤을 추는 것 하며 먹거리를 마구 뿌리는 것과 불꽃놀이 등은 사실이었으나, 나머지는 제멋대로 지어내 혼자 지껄였습니다.

사람이 네 발로, 개가 두 발로 달리기 내기를 한다든가, 10미터 키다리가 갑자기 1미터 난쟁이로 변신하는 것도 있다고 했습니다. 퍼레이드 카 위에서 재주넘기로 뜀뛰기를 하는데, 그것도 남녀가 뒤바뀌어 가며 춤까지 추는데 기가 막힌다고 했습니다.

변신 로봇과 로봇 창끝에 매달린 사람과의 칼싸움도 볼만했으며, 두 팔이 묶인 채 꽃 과일을 받아먹기도 하고, 입안에서 불을 뿜는 것은 쇼도 아닐 정도라고 떠들었습니다. 듣는 놈들도 반신반의하며 재밌어 했습니다.

현장에 옮겨진 널빤지와 서까래 기둥 등을 무대로 옮기는 데는 키다리 일꾼 말과 황소의 도움으로 비교적 어려움 없이 해결했습니다. 옮겨진 나무 들을 서로 묶는 것이 더 힘들고 어려웠습니다. 사람이라면 손으로 쉽게 할 수 있는 거지만, 동물은 입으로 물어 당기고 비틀고 해야 하니 여간 힘든 게 아니었습니다.

앞발이나 주둥이 또는 뒷다리가 끼거나 찍혀 다친 놈은 있었으나 다행히 죽는 놈은 없었습니다.

관중석 공사는 이보다 쉬웠습니다. 주로 볏짚이나 풀로 앉을 자리를 마련하는 것이라 큰 어려움 없이 마칠 수 있었습니다.

이런저런 고생 끝에 행사 1주일 전인 5월 말쯤 무대와 객석이 완성됐습니다.

11. 지상 최대의 쇼: 동물 섹스페스티벌

드디어 동물공화국 혁명 1주년 기념일입니다. 섹스 페스티벌이 시작됐습니다. 그동안 무대 만들기와 장식 설치에 허리가 휘고 관절이 깨진 것도 진작 잊어버렸습니다.

도로보수와 관중석 조성하느라 삐걱했던 발목이 아직 낫지 않은
놈이 수두룩하나, 아픈 줄도 몰랐습니다.

그동안 죽기 살기로 한 고생은 어제의 일일 뿐입니다.

기대와 흥분 속에 날이 밝았습니다.

모든 동물은 아침 일찍부터 축사를 나와 무대와 광장 주변에 진을
치고 있었습니다.

가족끼리 이웃끼리 삼삼오오 떼를 지어 나왔습니다.

축제를 앞두고 지급된 특별식과 군것질을 한 움큼씩 싸 들고 너나
없이 즐겁기 그지없는 표정이었습니다.

암탉은 아직 눈도 못 뜬 병아리까지 데리고 나왔습니다.

강아지도 어미 개를 졸졸 따라 나왔습니다.

이렇게 많은 동물이 한자리에 모인 걸 처음 본 그들은 신기한 듯
주위를 구경하며 돌아다니느라 정신이 없었습니다.

무대는 요란스레 장식되어 있었습니다.

형형색색의 천이 주위를 감싸고, 온갖 깃발이 저마다의 그림을 뽐
내며 걸려 있었습니다. 깃발은 동물별로 그들 팀을 상징하는 것이었
습니다.

바닥은 푹신한 볏짚으로 뒹굴어도 아프거나 상처 날 염려가 없도
록 마무리도 잘 되어 있었습니다.

행사는 오후부터 시작되나 동물들은 '그때까지 기다리지 뭐' 하는
심정인가 봅니다. 시끌벅적 떠들며 일찌감치 싸들고 온 점심을 끝내

고 입구 쪽을 쳐다보며 카니발이 시작되기만을 기다렸습니다. 무대 입구에 이르는 길에도 이미 많은 관중이 눈이 빠지게 기다리고 있었습니다.

'와, 와, 와' 하는 함성이 들리는 걸 보니 행렬이 드디어 나타났는가 봅니다.

멀리서 울긋불긋 장식한 말을 선두로 퍼레이드 행렬이 눈에 보이는 것 같았습니다.

나 라구라는 이들 동물의 눈에 띄지 않는 창고 지붕 위에서 쌍안경을 들고 혼자 구경하고 있었습니다. 몰래 고성능 카메라가 달린 핸드폰도 지니고 있었습니다.

'설마 지까짓 동물들이' 하는 심정으로 쳐다보고 있었는데, 정말이지 생각 밖으로 많은 준비를 한 것 같았습니다. 아니 솔직히 말해서, 놀랄 '노' 자였습니다. '완존 대박' 이라는 탄성이 절로 나왔습니다.

행렬의 선두에 선 수말부터 죽여주었습니다. 방씨 아가씨의 마장마술 선수였던 말입니다.

앞서 말한 대로 종마랑 경주마는 썬스타가 권력을 잡은 초기 일찌감치 팔아치웠습니다. 그러나 녀석은 애교 덩어리라, 일하는 동물들의 기쁨조 역할을 위해 팔지 않고 그냥 뒀던 놈입니다.

마장마술 경기 참여 때 쓰던 각종 장신구는 물론이고 화려한 치장에 머릿결도 곱게 다듬었습니다. 장식품은 어딘가 숨겨 뒀다가 오늘 달고 나온 모양입니다.

관중들의 눈길을 끈 것은 이것이 아니라 바로 '거시기' 에 대한 꾸

밈 때문입니다.

여기서 잠깐, 오늘 행사는 아시는 대로 '섹스 페스티벌'이라 어쩔 수 없이 암놈이나 수컷의 생식기에 대한 묘사나 이야기가 많습니다. 그래서 수컷 것은 '거시기'로, 암컷 것은 '머시기'로 말할 테니 그리 아시기 바랍니다.

녀석은 거시기를 참으로 화려하게 꾸몄습니다. 우선 길게 뺐을 때 위로부터 가운데까지는 '빨주노초파남보' 무지개 색으로 둥그렇게 칠했습니다.

중간부터 끝까지는 거꾸로 '보남파초노주빨'로 그린 뒤 귀두는 하얗게 칠한 다음, 그 끝에는 '사랑의 큐피드'를 그렸습니다. TV에서 본 아프리카 원시인의 축제 때와 거의 같았습니다.

'아니 저 녀석, 어디서 저런 걸 다 알아서 그랬을까.'

기가 차서 말이 안 나옵니다.

이를 본 모든 동물의 암컷들은 야단법석 난리가 났습니다.

"와우!"

"와! 대물이다."

"와우, 대박!"

"으흐흐흐……"

"오, 마이 갓!"

"오, 마이 조트!"

"와! 진짜 쩐다 쩔어."

"오빠 아!"

"용팔이 오빠!"

"오빠 내꺼!"

"오빤 네가 가져. 난 거시기만 내꺼!"

"오빠, 오빠, 으흐흐흐……"

"나, 지금 싸고 있다."

"나두……"

어린 새끼를 데리고 나온 애미는 바빴습니다. 한 손으로는 새끼 눈을 가리랴, 자기 눈으로는 거시기를 쳐다보랴, 입으로는 소리치랴, 또 한 손으로는 자신의 머시기를 만지랴, 머리가 맹할 정도로 바빴습니다.

"엄마, 왜 난 못 보게 해? 엄만 보면서."

"어른 되면 알아."

"아니, 지금도 알거든."

"쬐그만 게 못하는 소리가 없네."

"나 다 컸거든."

"주둥아리 닥쳐. 엄만 지금 바빠."

"근데 저 정도는 코끼리에 비교하면 아무것도 아니라던데."

"뭐 ㅇ 미?"

"고추 정도도 안 된다는데."

"무슨 소릴 하는 기여?"

"응, 할머니가 그러는데, 코끼리 거시기는 땅까지 닿는다던데."

"……맙소사. 할망구 애한테 별 소릴 다 지껄였구나."

소란한 가운데 한쪽에서 암컷들의 떼창이 울려 퍼졌습니다.

'한 번쯤'이었습니다. 물론 가사는 바뀌어서입니다.

"손 한 번 잡아 봤으면……"

"거시기 한 번 잡아 봤으면……"

"거시기 한 번 먹어 봤으면……"

"한 번쯤 포개 봤으면……"

"눈 한 번 맞춰 봤으면……"

"입 한 번 맞춰 봤으면……"

"머시기랑 한 번 맞춰 봤으면……"

"한 번쯤, 한 번만 빨아 봤으면……"

소란을 아는지 모르는지, 아니면 즐기는지, 녀석은 맘껏 자신을 뽐내고 있었습니다.

엉덩이를 오른쪽으로 들었다가 왼쪽으로 내려놓습니다.

앞발을 올려 뒷발로만 걷다가 금새 뒷발을 올리고 앞발로만 깨금발 뛰듯 걷습니다. 이를 반복합니다.

그러면서 거시기를 자신의 불알 속으로 반쯤 집어넣었다가 다시 끄집어냅니다.

암컷들이 까무러쳤습니다.

이번에는 길게, 아주 길게 쭉 뽑았다가 몽땅 집어넣기도 합니다.

암컷들은 자지러집니다.

앞발을 들고 뒷발로만 걸으면서 거시기로 하트를 그리면서 흔드는데, 좌우로 마구 흔듭니다.

암컷들은 기절하기 반보 전입니다. 아니 반쯤은 기절했습니다.

동물들은 이것 하나만으로도 그동안 고생한 보람을 만끽하는가 봅니다.

모두가 웃고 떠들며 신났습니다.

녀석은 계속 이런저런 동작으로 관객들을 즐겁게 했습니다. 때로는 마술경기 하듯 깡충 걸음으로 뛰다가, 장애물 넘는 흉내를 내기도 하는 등, 그가 지닌 모든 끼와 기술을 몽땅 쏟아붓고 있었습니다.

뒤를 이어 돼지와 개들의 행진이 있었습니다.

울긋불긋 하나같이 천으로 둘렀는데, 조각 천으로 스카프를 한 것은 기본입니다. 천으로 거시기 머시기 주위만 둘러 그곳을 돋보이게 한 녀석도 있습니다.

이러한 천은 축제를 앞두고 썬개 지시에 따라 나 라구라가 방씨 아가씨 옷을 전부 꺼내 그들에게 던져준 것입니다.

가위도 없는 녀석들이 무슨 재주로 저렇게 예쁘게 자르고 묶고 했는지 도무지 알 수가 없습니다. 동물들은 사람이 생각하는 이상의 아이큐와 무언가를 지녔는가 봅니다.

천을 두르는 대신 '바디페인팅'을 한 녀석들이 뒤를 이었습니다. 그 가운데 가장 눈에 띄는 놈은 암돼지들인데, 주로 머시기 주위에만 중점적으로 그림을 그려 넣었습니다.

이번에는 수컷들이 비명을 질러댈 차례입니다.

머시기를 중심으로 역시 '빨주노초파남보' 무지개 색으로 주위를 동그랗게 그렸습니다.

마치 양궁이나 권총 사격에 사용하는 타깃 같았습니다. 한가운데 구멍을 쏘면 10점 만점짜리. 가운데 머시기를 향해 사방에서 울긋불긋 화살이 날아오는 것 같은 그림도 있었습니다. 얼핏 말썽 많은 일본 욱일승천기 비슷한 모양입니다.

반대로 머시기에서 사방팔방으로 화살이 날아가는 그림도 있습니다. 온통 장미와 백합 딱 두 종류 꽃으로 머시기를 둘러싸고 있는 바디 페인팅도 있습니다.

그냥 보면 해바라기도 있습니다. 노랑 해바라기가 머시기를 감싸고 있어 진짜로 고흐의 명작 같은 느낌을 주는 것도 있습니다.

수컷들에게 가장 많은 박수를 받은 것은 역시 섹시한 그림들입니다. 머시기 구멍이 바나나를 먹고 있습니다.

또 머시기를 둘러싸고 다섯 개의 거시기를 그린 것도 있습니다. 머시기에서 뻗어 나온 혀가 수놈 거시기를 빨고 있기도 합니다.

가장 눈을 끄는 것은 거시기 머시기에 맞춰 흘레붙는 그림으로 완존 진짜 같습니다.

"죽인다, 죽여."

"와우, 와우."

"휘익 휙, 휘리릭."

못 참은 어떤 녀석은 거시기를 붙잡고 행진하는 암컷을 향해 마구잡이로 돌진합니다.

'홧팅' 하는 놈이 있는가 하면, '저놈 잡아라' 하는 놈이 있습니다. 아수라장이 될 뻔했습니다. 주위에 있던 다른 녀석이 건 발에 걸려 나동그라져서 웃음바다가 되었습니다.

돼지의 뒤를 개들이 따라 행진합니다.

개는 돼지만은 못했습니다. 아기자기한 그림도 자극적인 것도 별로 없었습니다. 돼지를 흉내 낸 것이 몇 놈 있으나, 주위를 흥분시킬 만한 것이 보이지 않았습니다.

딱 하나, 암수 두 마리가 엉덩이를 마주 보며 흘레붙은 모양으로 뒤우뚱뒤우뚱 옆걸음질 치는 모습이 웃음을 주긴 했습니다.

젖소도 등장했습니다.

아이 대갈통보다 큰 젖무덤을 두 앞발로 이리저리 흔드는 모습이 정말 가관이었습니다.

젖소 새끼가 아닌 다 큰 수돼지가 두 앞발로 젖을 껴안고 쫄쫄 빨며 따라다니는 꼴은 웃음을 주기에 충분했습니다.

동물뿐 아니라 인간도 수컷은 예부터 젖이 큰 암컷을 좋아합니다. '젖소부인' 이라는 제목의 19금 영화가 인기를 끈 것도 같은 이유였을 것입니다.

꼰대 시절 미국의 육체파 배우 마릴린 먼로는 세계의 모든 남성의 연인이었습니다. 중국의 전설적 미녀 양귀비도 젖가슴이 컸습니다. 기타 동물은 이렇다 할 것이 전혀 없었습니다.

마지막으로, 초대받지 못한 손님 원숭이가 그나마 재미를 선사했습니다. 나뭇가지를 들고 나와 그 위에서 교미를 나누는 것 같은 쇼를 함으로써 웃겼습니다.

그리고 사람이 거시기, 머시기 하는 것을 그대로 옮기면서 온갖 교성을 질러대며 인간을 비하, 박수를 받기도 했습니다.

사람처럼 두 발로 걷는 데다, 우리를 탈출해서 온갖 정보를 흘리고 다녀 이 농장에서는 적으로 간주되고 있으나, 오늘만은 어쩔 수 없이 그냥 봐주는 모양입니다.

눈치 빠른 원숭이 팀은 혹시 쇼하는 도중에 위험이 닥칠까 조심하는 빛이 역력했습니다.

그러나 그는 이날 행사에서 누구도 준비하지 못한 것을 선물함으로써 자신의 존재만은 확실히 알렸습니다. 그것은 불꽃놀이를 선사한 것입니다. 능숙한 솜씨로 일곱 개의 불꽃을 쏘아 올렸습니다.

이 불꽃은 초등학교 어린애들이 쓰는 것이라 하늘 높이 솟아오르진 못하나, 그런대로 흥분하고 즐길 만했습니다.

축제에 불꽃놀이가 없다면 그야말로 '앙꼬 없는 찐빵'이었을 텐데, 원숭이가 이를 해결해 준 셈입니다.

썬스타도 이 점만은 고마워해야 할 것 같습니다. 불꽃을 쏘기 위해 성냥불로 불붙이기는 그가 아니면 불가능한 것이었습니다.

색깔은 역시 무지개 일곱 가지 색이었습니다.

첫 번째 빨강 불꽃은 커다란 원을 그린 후 사라졌습니다.

주황색 두 번째 것은 오렌지 나무숲을 그렸습니다.

세 번째는 별 모양을 펼쳤습니다.

각양각색 그림과 색깔로 눈요기를 시켜줬습니다.

마지막 여섯 번째와 일곱 번째는 한꺼번에 쏘아 올려 듀엣으로 아름다운 포물선을 그리며 불꽃놀이의 마지막을 장식했습니다.

참가 동물들은 환호했고, 원숭이 팀은 손을 들어 고마움을 표했습니다.

불꽃놀이를 마친 원숭이는 곧장 행사장을 한 바퀴 돈 다음 아무도 몰래 나 구라가 숨어서 보고 있는 창고 지붕 위로 올라왔습니다.

'방가, 방가.'

나는 '엄지 척' 하며 그를 칭찬해 줬습니다.

우리는 인사를 나누고 함께 구경했습니다.

어느덧 행진은 끝났습니다.

그러나 아직도 무대 근처에서는 마장마술 말의 애교와 재롱에 관중들은 자리를 뜨지 못했습니다.

하긴, 얼마 지나지 않아 저녁이면 이날 카니발의 하이라이트인 섹스 킹 앤 섹스 퀸 콘테스트가 열리니 그때까지 기다리겠다는 팀도 적지 않은 것 같았습니다.

새끼를 달고 나온 녀석들은 어쩔 수 없이 축사로 가서 저녁을 먹고 애들을 잠재운 뒤 나오기 위해 집으로 향했습니다.

기다리던 섹스 경연대회 시간입니다.

참가자들은 동물별로 예선을 통과한 두 암컷과 수컷이 결승에서 킹과 퀸의 크라운을 놓고 겨룹니다.

예선은 그동안의 기록과 실적, 그리고 소문과 면접을 바탕으로 심의를 거쳐 선정됐습니다.

결승전은 무대에서의 실전을 통해 심사위원들의 투표로 결정됩니다. 별다른 불평이 없는 걸 보면 그런대로 공정한 심사가 이뤄진 모양입니다.

킹 심사위원장은 암캐 영자.

퀸 심사위원장은 수캐 진로.

각 심사위원장이 직접 심사기준을 발표했습니다.

기준은 중국의 섹스 교본 '소녀경(素女經)'에 나와 있는 그대로입니다. 동물들이 어떻게 중국의 고전을 알고 이런 기준을 세웠는지는 모르겠습니다.

구체적으로 말하면 다음과 같습니다.

먼저 수놈을 대상으로 한 섹스 킹 심사기준이다. 생김 생김새, 즉 외모와 교미 테크닉인 질적 평가, 그리고 세기와 시간 등 양적 평가로 구분해서 얻은 점수를 합산해서 선정된다.

첫째는 외모다. 외모 항목도 다섯 개로 세분화했다.

하나는 색깔이다. 붉고 건강한 색채를 띠는 것이 가장 높은 점수를 받는다. 그러나 최근 들어 교미를 너무 많이 해서 생긴 거무틱틱한 색은 좋은 것으로 간주한다.

둘째는 모양새다. 바나나처럼 약간 휘어진 놈을 최고로 친다.

암컷의 머시기 속에 들어갔을 때 구석구석을 찾아 골고루 어루만지고 찔러 줌으로써 암컷의 오르가슴을 올리는데 딱이기 때문이다.

셋째는 뜨거운 정도다. 잡아서 뜨끈뜨끈한 놈이 최고다.

'뜨거운 것이 좋아'라는 게 영화 제목만이 아니다. 차면 점수가 없다. 처음부터 어느 정도 뜨거워야 들어가서 더 뜨거워지기 때문이다.

넷째는 딱딱한 정도다. 허우적허우적 암놈의 도움 없이 일어서지도 못한다면 낙제다. 딱딱함이 지나쳐 상대가 약간 아프다고 느낄 정도가 되는 것이 적당한 고통이 곁들여진 쾌감을 상승시킨다.

다섯째는 굵기다. 누가 뭐래도 굵어야 암컷이 좋아한다.
가늘면 테크닉으로 어느 정도 커버할 수 있겠지만, 암컷이 느낄 때 묵직한 맛이 없다.

여섯째는 길이다. 물론 길수록 좋다. 그러나 길이는 굵기만큼 큰 비중을 차지하지는 않는다. 최소한의 길이만 갖추면 암컷의 오르가슴에 충분히 영향을 줄 수 있다는 게 동물학자들의 말이다.
항목별로 5점 만점, 최하 점수는 1점이다.

다음으로 질적 항목인 테크닉이다.
외모가 출중하다고 해서 댓바람에 쑤셔 넣으면 암컷이 좋아할 수가 없다.
전희(前戱)가 상당한 점수를 받는다.
암놈이 미리 흥분할 정도로 애무를 하고 애간장을 살짝 태우며 밀당을 잘해야만 높은 점수를 받는다.
본 게임에서는 암놈을 얼마나 소리치며 울게 만드느냐? 얼마나 발버둥 치며 파고들게 하느냐? 몇 번이나 자지러지고 까무러치게 하느냐? 애액을 얼마나 쏟아내게 하느냐도 빠질 수 없다.
후희(後戱)도 중요하다.

사정이 끝났다고 곧바로 내려오거나 빼 버리면 암놈은 허탈하다. 수컷과 달리 암컷은 구조상 열기가 서서히 오르고 한 번 발동이 걸리면 오래 지속되며 흥분도 천천히 내리기 때문이다.

다음은 양적 항목이다.
교미는 시간이 주는 즐거움을 빼놓을 수 없다.
무작정 오래 끈다는 것이 아니라 흥분이 계속된 상태에서 암컷이 힘에 부쳐 '그만 사정하고 끝내자' 고 할 때까지 버텨주는 게 일등 수컷이다.
그리고 횟수다. 한 번 사정이 끝나고 내려와서 끝낸다면, 아니다. 한 번 끝냈다고 끝나는 것이 아닌, '끝나야 끝나는' 것이 암컷들의 교미 본능이자 요구 사항이다.
모양새 6개 항목 30점, 질적 테스트 3개 항목 30점, 양적 항목 40점 합계 100점 만점이다.
양적 테스트에 점수가 가장 많은 것은 '양 속에 질이 있다' 는 학자들의 말에 따른 것이다.
속담에도 '덤불이 있어야 도째비(도깨비의 사투리)가 난다' 고 하지 않는가.

이어서 암컷에 대한 평가기준이다.
수컷과 비슷하다.
첫째 모양새다. '보기 좋은 떡이, 먹기도 좋다' 는 말대로 우선 암놈은 뭐가 됐던 이쁜 것이 최고다. 머시기 모양도 마찬가지다. 외형이 완전 동그란 원형보다는 달걀 같은 타원형이 낫다. 조개로 치면 전복 모양이 으뜸이다.

색깔은 약한 분홍빛을 띠는 게 가장 평가받는다. 주위에 털이 없는 하얀 머시기는 높은 점수를 받을 수 없다. 그렇다고 털복숭아가 좋다는 건 아니다. 뭐든 적당한 것이 좋다는 말이다.

입구가 좁고 들어갈수록 깊은 맛이 있다면 가장 훌륭하다. 입구와 안이 모두 넓다면 하급이다. 수컷과 마찬가지로 머시기 안은 따뜻해야 한다. 크고 썰렁하면 제로다. 항상 물기를 머금고 있어야 거시기가 좋아한다.

그리고 물은 풍부할수록 좋다. 안은 또 굴곡이 있고 오르내리는 맛이 있으며 구석마다 색다른 무엇을 지녔다면 더욱 높은 점수를 받는다. 질은 겹겹이, 층층이 쌓여 있는 것이 좋다.

다음으로, 질적 평가기준이다.

교미 시 수컷에게 얼마나 많은 쾌감을 주느냐가 중요하다. 먼저 쪼임과 풀림을 자유자재로 할 수 있어야 한다. 때로는 바나나를 자를 정도로 강한 쪼임은 필수다. 집게 머시기가 그것이다.

또 행위 시 적당한 교성과 괴성, 때로는 아우성으로 상대를 흥분시키는 것도 중요하다. 엉덩이를 얼마나 잘 활용하느냐도 평가에 들어간다. 속된 말로 요분질이다. 거시기가 빠지지 않게 오랫동안 붙들고 있는 요령도 있어야 한다.

무드를 잘 유지하는 것도 암컷의 능력이다.

다음은 양적 기준이다.

수컷과 마찬가지로 먼저 장시간 버티는 게 중요하다. 다양한 방법을 얼마나 많이 활용하는가는 점수가 높다.

여성 상위 남성 상위만이 아니라 뒤치기, 옆치기, 벽치기, 돌려치기, 앉아치기, 서서치기, 반대치기 등을 맘껏 구사하는 것도 암컷의 능력이다

일이 끝나고 보유한 물, 애액을 얼마나 높이, 많이, 분수처럼 쏟아 내느냐는 특별 보너스 점수를 받는다.

평가 기준을 발표하는 동안 관중석 수컷들은 슬금슬금 암컷의 눈치를 보고 있습니다.

"젠장 저건 즐거움이 아니라 고통이잖아."

"매일 매일 저렇게 해 달라면 큰일인데."

"공연히 마누라랑 함께 온 것 같다."

또 다른 수컷은 옆에 있는 암컷이 누구이든 상관없이 포개느라 여념이 없습니다.

상대가 없는 또 다른 젊은 수컷은, 개나 돼지나를 막론하고, 흥분한 나머지 딸딸이 치느라 바쁩니다.

암컷 또한 자신의 머시기는 평가기준으로 볼 때 어디에 해당하는지 살피느라 앞 발가락으로 속을 뒤집었다 열고 닫기를 반복합니다.

그러다 혼자 흥분해서 뒹굴기도 합니다.

다행히 새끼들은 모두 집에 두고 왔기에 망정입니다.

잠시 쉬고 본 게임에 들어간다고 하자 관중석에서 야유가 터져 나

옵니다.

"야, 영자랑 진로랑 말로만 붙어 싸울 게 아니라 무대 올라가서 몸으로 붙어봐라. ㅋㅋㅋ"

"옳아, 벌렁 진지, 집게 진지, 까뒤집어 보지. ㅎㅎㅎ"

"너무 짧은지 너무 긴지 재 보자. ㅍㅍㅍ"

"시범경기란 게 있잖아, 뭐 하노 빨랑 않고."

"니들이 심사위원장이니 일등은 따 놓은 당상이잖아, 빨리 해봐라."

"우와, 우와 ...... "

조용해지자 경기가 시작됐습니다.

먼저 돼지 두 커플 중 첫 번째 연놈들입니다.

거시기 머시기 생김새가 어떤지는 멀리서 보이지 않지만, 심사위원들이 앞발로 툭툭 튕기거나 까집고 뒤집어 보는 걸 보면 평가는 한 것 같습니다.

꿀꿀꿀, 입으로 먼저 오랄 섹스부터 시작합니다.

정말 웃겼습니다. 예선을 거친 놈들이라 그런지 아주 능수능란합니다. 때로는 암놈이 리드하고 때로는 수놈이 이끌고 완존 프로다.

돼지답지 않게, 개처럼 반대 방향에서 넣고 빼기를 반복하는 신기술도 선보였습니다.

정상 체위에서는 어찌나 소리쳐대는지 오히려 점수를 깎아 먹을 것 같았습니다. 돼지들의 교미가 저렇게 요란스러울 수 있다는 게 정말이지 신통방통하였습니다.

두 번째 돼지 부부가 올라왔습니다.

첫 번째와 별반 다르지 않았습니다. 이놈들은 암수 색깔이 달라 그런지 꽤 흥미로웠습니다. 흰 돼지가 수컷이고 검은 놈이 암컷입니다.

앞 팀과 차이라면, 교미뿐 아니라 체위 바꿈 등 동작이 워낙 빨라 눈을 뗄 수 없게 만든 것이었습니다.

또 하나 차이라면, 인간도 아닌 것이 서서 그 짓을 한다는 것으로, 대단한 테크닉이었습니다.

이번엔 개 팀입니다. 개들의 교미는 길거리 등에서도 흔하게 볼 수 있는 것들이라 구경꾼들의 관심이 덜한 것 같았습니다.

그런데 그게 아니었습니다. 수캐는 덩치가 비교적 작은 진돗개 뒤기 종이며, 암캐는 덩치 큰 똥개였습니다.

개들의 핥기 솜씨는 원래부터 뛰어나다지만 오럴섹스는 구경꾼들의 탄성을 자아내기에 부족함이 없었습니다. 쬐그만 놈이 그래도 수캐라고 어미보다 큰 암놈을 데리고 노는 꼴이 재밌었습니다. 엉덩이에 올라탄다는 것이 매미가 매달린 것 같았습니다. 그래도 거시기가 머시기 속으로 쏙 들어가는 게 신통했습니다. 둘은 떨어질 줄을 몰랐습니다.

끝나고 내려오게 되면 바로 땅으로 곤두박질할 것 같았습니다. 뒤로 흘레붙어 게걸음 짓는 폼은 어렵게 보였습니다. 그런데 그게 아니었습니다. 작은 수컷이 질질 끌려 다니면서도 용케 안 떨어지고 붙은 채 온갖 걸음걸이로 놀고 있었습니다.

일을 끝내고 떨어지려고 해도 잘 안 되는 모양입니다.

그냥 질질 끌려 다니는 꼴이 우습다 못해 가련했습니다. 그것은 수캐 거시기 끝에 갈퀴 같은 것이 있어서 머시기 속에 콱 박혀 있기 때문입니다. 심판위원 돼지가 코로 물을 뿜어 이들을 떼어냈습니다.

이번에도 개 팀이었습니다. 아까와는 반대로 수캐 덩치가 어마어마한데 암캐는 쪼그마했습니다. 웃기게도 작은 암놈이 리드하면서 수컷에게 온갖 자세를 요구합니다.

정말로 웃기는 건, 암컷이 수컷 배 밑에 거꾸로 매달려 거시기를 빨아 벌겋게 솟게 한 다음 머시기 속으로 쏙 집어삼키는 것이었습니다. 박수가 터져 나왔습니다.

토끼가 등장했습니다. 요란한 박수가 쏟아졌습니다. 토끼는 아시다시피 하는 데 일 초도 안 걸립니다. 그런데 하기 전 전희가 재미있습니다. 나름대로 뒹굴고 핥고 빨고 웃기지도 않습니다. 올라가는가 싶더니 벌써 끝입니다. 더 큰 박수가 터졌습니다.

닭은 암탉 혼자 나와서 온갖 폼으로 장난치다 그냥 들어갔습니다. 아마 무정자 달걀을 낳는 걸 보면 수탉이 없어도 혼자서 오르가슴을 느끼는지 모르겠습니다.

끝인가 했더니 무대 밑에서 비단구렁이 한 쌍이 올라왔습니다. 모두가 기겁했습니다. 돼지는 웬 떡인가 하며 잡아먹을 태세입니다. 돼지는 육식동물이 아니지만 뱀을 보면 잡아먹지 못해 안달입니다.

심사위원이 말렸습니다. 오늘의 특별손님이라면서요.

비단뱀은 10m에 이르는 큰놈도 있으나 이놈들은 4~5m정도의 중간크기입니다. 노란 바탕에 파란 무늬의 수놈과 온통 노란색의 암놈으로 아름답기가 환상적입니다. 요즘 애들 말로 '시선 강탈', 즉 '시 강' 입니다. 동남아에 서식하는 무독성인데, 아마 뱀탕 용으로 땅꾼에게 팔려 왔다가 탈출한 놈들인가 봅니다.

이 둘은 일어나 90도로 허리를 꺾어 360도 회전하며 인사를 했는데 박수갈채가 쏟아졌습니다.

암놈이 무대 중앙에 꼿꼿이 서자, 수컷이 넝쿨처럼 몸을 빙빙 감아 올렸습니다. 항문 속에 숨겨 둔 거시기를 꺼내 암컷 머시기에 집어넣고는 한 바퀴 돈 다음 바닥에 내려와 꽈리를 틉니다. 시골 마당의 동그란 멍석 모양입니다.

이번에는 수컷이 서고 암컷이 감았다가 꽈리 트는 모양을 합니다. 수컷 거시기는 두 개로 양쪽으로 나 있는데, 암컷의 위치에 따라 편리하게 사용한다고 합니다.

짝짓기는 기본 몇 시간에서 하루 정도는 거뜬하다고 합니다.

심사위원이 꼼짝 않고 붙어있는 이들에게 '그만 하라'고 일렀습니다. 환호 속에 이들은 다시 무대 아래로 슬그머니 사라졌습니다.

정말이지 동물 페스티벌다웠고, 한마디로 환상적이었습니다.

"몰래 찍어 둔 영상을, 언제가 될지 몰라도, 유튜브에 올리면 최소 10억 뷰는 간단할 텐데⋯⋯. 그럼 수익이 얼마냐? ㅎㅎㅎ."

나 라구라는 혼자 중얼거려 봅니다.

곧이어 심사 결과가 발표되었습니다.

암수 각각 심사위원장을 맡은 진로와 영자로부터 채점표를 받아 든 좃코가 말했습니다.

"오늘 재미있었습니까, 여러분?"

"와우, 오키도키."

"내년에는 하지 말까요?"

"우우우, 매달 해요, 아니 매일 해요."

"그럼 심사 결과를 발표하겠습니다. 첫 번째 나온 돼지 커플, 1등."

"와와와! 돼지 만세……"

"두 번째 돼지팀. 1등"

"뭐o미?"

오늘 출전한 모든 동물들이 하나같이 1등이라고 했습니다.

"우리 동물 인민공화국 모든 동물은 평등합니다. 따라서 누가 더 잘나고 못나고, 더 많은 상을 타고 못 탄다면 그건 불평등합니다."

"와와와! 썬스타 만세 만세……"

"썬개통령은 언제나 옳아가 옳아."

따라서 상품도 똑같이 한 상자씩이었습니다.

속에 뭐가 들었는지는 집에 가서 가족과 함께 열어 보라고 했습니다.

이때 썬개통령이 연단에 등장했습니다.

'와와와.'

'썬스타 만세. 썬개통령 만만세.'

난리굿판이 따로 없었습니다.

"존경하는 동물 인민 여러분, 축제 재미있었지요."

"예예. 와글와글……"

"축제가 재미있게, 그리고 무사히 끝난 데 대해 동물 인민 모두에게 감사드립니다. 동물보다 못한 인간이라는 족속들은 축구 경기나 크리스마스 축제 등 많은 사람이 모이는 곳이면 어김없이 사고가 터집니다. 수십 명 수백 명씩이 깔려 죽기가 일쑤입니다. 우리가 그러한 인간들에게 종속되어 살아 온 것을 생각하면 억울하기 짝이 없습니다. 그렇지 않습니까?"

"예예, 와글와글……"

"따라서 이제부터는 어떤 일이 있어도 두 번 다시는 그러한 인간들에게 지배당하는 일이 없이 우리끼리 잘 먹고 잘 살 수 있게 저 썬스타가 책임질 것을 다시 한 번 약속드립니다."

"와와, 과연 썬개통령은 훌륭해. 우리는 행복해."

동물축제는 이렇게 무사히 아주 만족스럽게 끝이 났습니다.

12. 노랑 잎 부대와 파랑 솔잎 부대,
집회는 계속되고…

'평등소득 성장론'으로 인한 병폐와 인민들의 분노가 엄청남을 모르는 바 아니나, 지도부는 '썬스타는 언제나 옳다'를 내세워 계속 그리고 더 강하게 밀고 나갔습니다.

성난 민심을 달래기 위한 섹스 페스티벌을 여는 등, 희한한 개판 정치와 이런저런 시행착오 속에서도 동물농장 공화국은 그런대로 굴러가고 있었습니다.

그러면서 젊은 층, 요즘 애들 중심의 선심성 정책들을 쏟아냈습니다. 하지만 '푼돈 몇 푼으로 우리들의 영혼을 사겠다고?' 라며 '얄팍한 징책'에 회의를 품거니, 반기를 드는 젊은이들의 숫자가 늘어갔습니다.

'뭔가 획기적 정책이 필요함'을 느낀 썬스타 측은 '정부는 뭐든지 할 수' 있다는 보다 강한 전체주의적 발상을 내놓기에 이르렀습니다.

거기다 더해서 주위의 어떤 도움도 어떤 간섭도 없이, 우리끼리 독자적으로 주체적으로 잘 사는 방법을 추진키로 했습니다. 그 모델로 백두혈통이 통치하는 북한의 북한식 인민사회주의 정책 도입이 최상이라고 결론 내렸습니다.

백두혈통이 부러워 흉내낸다는 것이 '백치혈통'으로, 스스로가 바보혈통이 되어버린 썬스타로서는 그럴만했습니다.

그러자 나이 든 반(反) 썬개 측 위원장들이 반대하고 나섰습니다.

'세상에서 가장 실패했고, 최고 악질적이며, 제일 못사는 곳을 따라 한다는 것'은 자멸의 길이라며 비판했습니다.

그러자 '썬스타는 언제나 옳다'는 신성불가침 교조적 말씀에 토를 다는 것은 하늘을 거역하고 백치혈통 썬개통령에 대한 반역이라며 일축했습니다.

어느 날 동물 집회가 열렸습니다. 그동안 술과 고기에 게으름만 늘어난 썬개의 몸집은 하루가 다르게 뚱뚱해져 갔습니다. 초고도 비만이었습니다.

역시 선글라스에 양복 차림이었습니다. 지팡이에 의지해서 뒤뚱뒤뚱 기어오르듯 연단에 올라섰습니다. 두 발을 들어 올려 박수를 유도하는 히틀러식 인사법도 여전했습니다.

"아니, 저게 개야 돼지야. 완존 살찐 돼지잖아."

"못 나가도 100근은 넘겠네."

"잡아먹으면 한 식구 며칠은 든든하게 배를 채우겠구면."

주위에는 8마리 보디가드 개들이 귀를 곧추세우고 이빨을 드러낸 채 여차하면 덤벼들 자세로 위협적인 분위기를 연출하고 있었습니다.

"저급한 인간으로부터 독립한 이후 지금의 우리 동물공화국의 삶은 전에 없이 여유롭고 풍요로워졌습니다."

"와! 와!"

썬빠들의 지지는 여전했습니다.

얼어 죽어도 아이스크림을 뜻하는 '얼죽아'라는 요즘 애들의 말에 빗대자면, '굶죽썬' – 굶어 죽어도 썬스타 팬– 들입니다.

그러나 그 열기는 옛날보다 상당히 줄어들었습니다.

"풍요는 개뿔, 굶어 죽는 마당에 웬 헛소리여."

"귀신도 무심하지, 저런 놈 안 잡아가고 뭐 한당가."

"그러나 지금보다 더 풍요롭고 더 좋은 우리 농장을 건설하기 위해 몇 가지를 제안코자 합니다."

바로 북한식 '별 보기 운동'을 포함한 '천리마 운동' '고난의 행군' 등을 본받아 주체적 자립 갱생을 하자는 것입니다.

별 보기 운동이란, 새벽 별을 보며 일터에 나가 저녁별이 뜰 때까지 구슬땀을 흘림으로써 생산성을 높이자는 내용이지요.

"지금까지 강조해 온 '평소성'과 반대잖아. 똑같이 나눠 먹으면 저절로 성장이 된다며?"

"지난번엔 주 52시간 이상은 절대 일 못한다고 해놓고, 지금 와선 하루 16시간씩 일하라고?"

"하필이면 세상에서 가장 못돼먹은 집단을 본떠 하자는 게 말이 된다고 생각해?"

"진짜 '개 드립' 같은 소릴 하고 자빠졌지."

"그럼 개가 개 드립을 지껄이지 돼지드립을 떠드냐?"

"큰 소리로 얘기하다 저놈들한테 물려 죽는다."

"앓느니 죽는다고, 차라리 물려 죽고 말지."

"개죽음 당하느니 한 놈이라도 죽이고 콱 가버릴까 보다."

별 보기 운동을 효과적으로 하자면 천리마 정신으로 임해야 한다고 강조했습니다. 새벽부터 밤까지 종일 비실비실 시간만 때운다면 결코 소기의 성과가 나올 수 없다는 설명이었습니다.

하루에 천 리를 달리는 말처럼 전심전력으로 일해야 하며, 하다가 들판에 쓰러져도 좋다는 정신이 요구된다는 것이었습니다.

"그렇게 함으로써 우리 농장은 세계 제일의 동물농장 공화국으로 우뚝 설 것이며, 여러분 모두가 '최고 영웅'의 칭호를 받게 될 것입니다."

"나, 영웅 필요 없거든."

"옛날처럼 밥이나 실컷 먹게 해 주라."

"그러다 사람 죽이네, 아니 개 죽이네."

"돼지도 죽이네, 아니 농장 동물 다 죽이네, 아예."

또 먹을 것이 없더라도 깡으로 버텨내는 '고난의 행군' 이야말로 모든 악조건을 극복하는 길이라고 강조했습니다.

고난의 행군이란 한 달 치 식량을 짊어지고 두 달 동안 험한 산악 지대를 행군하며 고난을 견뎌내는 결사적 극기 훈련입니다.

우리도 이러한 고난의 행군을 뛰어넘는 불굴의 정신으로 무장되어야 부족한 식량쯤이야 정신력으로 버텨내며 모두가 영웅이 될 수 있다는 것이었습니다.

그리고 60년대 중국 모택동이 조직한 10대 홍위병 같은 어린 '썬위병' 돌격대를 구성하여 선두에 나서 행동하도록 했습니다. 썬위병이란 '썬스타 결사 보위' 를 외치는 친위대로, 조의(皁衣) 부대 병사와는 다른 일반 젊은이 조직을 말합니다.

이는 필요한 경우 정치적 목적에 써먹기 위해 조직한 것인데, 생산성 향상과 인민운동에 미리 활용키로 한 것입니다.

이에 따라 썬스타 농장공화국 동물들은 지옥보다 더한 환경 속에서 하루하루를 지내게 되었습니다. 이러한 다그침에도 농장의 생산성은 갈수록 떨어지고 말라깽이는 늘어났습니다.

그렇다고 내일을 기대할 것도 없고, 오늘 하루 소소한 재미조차 없으니 영 살맛이 안 난다는 거였습니다.

썬스타는 그러나 '인간은 억지로 굶어가며 다이어튼가 뭔가를 한다며 고생인데, 농장의 동물은 저절로 날씬해지니 이 아니 좋은가'라며 복장 터지는 소리만 하고 있었습니다.

더해서 썬개 정부는 평소성의 성과를 계속 읊어대고 있었습니다.

"'평소성'이 성과를 내어 모든 동물의 생활이 훨씬 더 윤택해지고 있다."

"정부를 욕하는 이야기는 전부 거짓 뉴스다."

"아직도 옛날 인간농장의 향수에서 벗어나지 못한 일부 위원회 지도자가 바로 정리되어야 할 적폐 대상이다."

"평소성을 욕하거나 썬스타를 비방하는 놈은 친일파보다 더 나쁜 놈이다."

"우리의 영도자 썬스타는 이제 우리 동물농장만이 아닌 전 세계적 동물의 지도자로 존경을 한 몸에 받고 있다."

"대통령이든 개통령이든 간에 지지율이 80%를 계속 웃도는 공화국이 있으면 나와 보라 그래."

그러나 현실은 정반대로 움직이고 있었습니다.

"'평소성' 좋아하네. '불평등 가속 차별성장론'이지."

"그려, '부익부 심화 성장론'이라고 하는 게 옳겠지."

"'빈익빈 촉진 경제후퇴론'이 바른 표현이겠지."

"내 편 부자, 네 편 가난 프로젝트를 온갖 미사여구로 지랄치는 것들이지. ㅠㅠㅠ."

처음에는 일부 꼰대들의 불평과 하소연이었으나, 언제부터인가 젊은이들을 포함한 민중 속으로 조금씩 조금씩 깊숙하게 스며들고 있었습니다.

그러던 어느 날, 썬개 정부는 느닷없이 철통 보안을 지시했습니다. 최근의 자살 등 일부 불상사는 바깥에서 유입된 못된 자본주의 사상으로 인한 것이라며, 농장의 출입 단속을 보다 강화토록 한 것이었습니다. 없던 순찰대를 조직해서 농장 주위를 매시간 돌게 하고, 산비탈과 개울이 있는 북쪽 울타리에는 간이 초소도 설치했습니다.

요즘 들어 북쪽 울타리를 넘어오는 떠돌이 개들이 심심찮게 있었던 게 사실이었습니다. 굶주림으로 비쩍 마른 개들이라 불쌍해서 '개애적' 차원에서 똥개 집단에 숨겨주고 함께 살게 해주곤 했습니다.

그러던 어느 날 드디어 문제가 터졌습니다.

개울 앞 초소, 일명 '안전호' 벙크에 야생화된 떠돌이 개 수십 마리가 떼를 지어 침범, 초소를 지키던 병사견 8마리 가운데 넷을 물어 죽였고 넷에게 중상을 입히고 달아났습니다.

전투조차 해보지 못하고 그냥 앉아서 개죽음을 당한 것입니다. 동료들이 숨지는 걸 보고도 옆 초소에서는 반격조차 못했습니다. 그것은 외부 공격이 있으면 상부에 보고하고 명령을 하달받아 대응하라는 썬개통령 정부의 전투지침 때문이었습니다.

죽은 개의 보호자들이 들고 일어났습니다. 전장 터에서 '선조치 후보고'가 아닌, 습격 받아 다 죽은 뒤에 보고 후 명령에 따르라는 게 도대체 말이 되느냐며 항의했습니다.

거기다 '공화국을 위해 일하다가 잘못된 작전으로 전사했는데 정부는 개죽음으로 처리하고 왜 아무런 훈장도 포상도 위로도 없느냐'며 강력히 비난했습니다.

정부의 대답은 간단했습니다.

'전사한 것이 아니라 자신들이 안전수칙을 지키지 않아 죽은 것'이라며 일축했습니다.

그러면서 거꾸로 '공화국의 위신을 실추시킨 죄'를 물어 부상자는 생매장하고, 죽은 자 가족에게는 벌금을 물렸습니다.

'놀러 가다 죽은 놈은 영웅이 되고, 우리 동물공화국을 지키다 죽은 자에게는 처벌을 내리는 놈의 나라가 나라냐?'며 동물들은 흥분했습니다.

처음에는 꼰대 몇 마리가 그들의 죽음에 대한 조의와 항의를 표하는 차원에서 '파란 솔잎'을 물고 무언의 시위행진을 벌였습니다. 소풍 가다 죽은 자들을 위한 '노랑 잎' 묵념에 대한 항의로 파란 솔잎을 택한 것입니다.

'파란 솔잎' 시위부대 참가 수가 점차 증가하자 썬빠들은 똘똘 뭉쳐 '노랑 잎' 축제로 맞불 집회를 열었습니다.

드넓은 운동장은 밤이면 밤마다 노랑 잎 집회와 파랑 잎 시위부대가 맞서 '으르렁' 거리고 있었습니다.

한 가지 이상한 것은, 이런 사태에도 불구하고 썬스타는 계엄령을 발동하지 않았다는 것입니다. 특수부대인 조의(皁衣)도 동원되지 않았고, 공자처에서도 위원장들을 조사한다거나 잡아가지 않았습니다.

세 가지 설이 나돌았습니다.

첫째는, 정치 분석가들의 진단입니다. 현재 2인자 자리를 두고 다투는 사탁과 진도의 기 싸움 탓이라는 분석이었습니다. 한쪽이 처벌을 주장하면 다른 쪽은 관용을, 반대로 한쪽이 포용 정책을 내 세우면 다른 쪽은 채찍이 필요한 시점이라면서 사사건건 대립했는데, 이 문제도 마찬가지라는 것입니다. 그래서 이러지도 저러지도 못한다는 것이었습니다.

둘째는, 썬스타와 가까운 정통한 소식통에 따르면, 그의 정략이라는 것입니다. 식량문제와 잇단 사건들로 인한 군중들의 불만을 그쪽으로 돌리기 위한 정치적 계산이라는 설명이었습니다.

로마 황제가 원형경기장에서 죄수들을 모아 사자와 싸움을 붙여 시민들의 정치적 불만을 풀어주는 방법과 같다는 논리입니다.

어느 나라 독재자였든가 정통성 시비에 휘말리자 프로야구 제도를 만들어 사람들이 정치에 무관심하도록 유도했다는 것처럼 말입니다.

셋째는 나 라구라의 짧은 생각인데, 그럴 가능성은 희박하나, 혹시나 그럴 수도 있지 않을까 하는 것입니다. 즉, 허구한 날 술과 암놈에 빠져 세상물정 모르는 썬개통령은 이 사실을 아예 모를 수 있다는 생각입니다.

그러나 이 3가지 분석이나 예측은 하나같이 일부는 맞고 일부는 틀린 것이었습니다.

이러한 동물 민중 데모는 시간이 지나자 흐지부지되고 말았습니다. 그렇지만 나중에 어떤 사회적 이슈가 터졌을 때 국론이 완전히 두 조각 나 데모 형태로 크게 진화함으로써, 정권에 긍정적이든 부정적이든 크게 영향을 미친 사건으로 자리매김 되었습니다.

13. 숙청, 자살, 당한 자살, 줄줄이 사탕으로 …

어느 독재자나 후일을 걱정하기는 마찬가지인가 봅니다. 자의든 타의든 은퇴 후 안전을 보장받는 수단으로 그들은 자식을 후계자로 삼고 믿을 맨 심복을 선정하기 마련입니다.

그러나 역사적으로 볼 때, 믿었던 도끼에 발등 찍히는 경우가 더 많았습니다. 철권독재의 상징 스탈린이 복심 부하 트로츠키의 도끼질 한 방에 '떡' 하니 나가버린 것을 포함, 수도 없이 많잖습니까.

딱 하나, 백두혈통이 지배하는 북한의 경우, 할아버지에서 아버지로, 다시 손자로 확실하게 정권이 이양됨으로써 그들은 죽은 뒤에도 편히 잠들어 있습니다. 적어도 현재까지는……

썬스타도 개통령에 취임하고 나서부터 차후에 믿고 맡길 놈이 누구일까를 고민했습니다. 몇 놈을 두고 견제와 지원을 하면서 눈여겨 살펴보고 있었습니다.

노노도 그 가운데 하나였습니다. 그는 인민 복지위원회 위원장을 맡고 있었습니다. 이념이 같은데다 동물들로부터 무난한 평판을 얻고 있는 놈입니다.

노노란 이름은 '노면 노, 예스면 예스'가 명확해 붙여진 이름으로, 딱 부러지는 일 처리와는 달리 인정 있는 지도자입니다.

시간이 지나면서 녀석의 인기가 썬개를 앞서가기도 했습니다. 썬개는 불안했습니다. 공자처장 진도를 불렀습니다.

"옛 썰, 저도 진작부터 조금 염려가 되었던 놈입니다."

진도는 노노를 소환했습니다.

공자처의 첫 번째 작업이었습니다.

"차나 한잔하자고 불렀소, 편히 앉으시오."

"………"

"근데, 귀하에게 안 좋은 소문이 있습디다."

"뭐라고요?"

"공금을 개인 용도로 쓴다는 제보가 쌓였습니다."

"무슨 말인지 모르겠소. 난 한 번도 그런 적 없소."

"여기 보자. 직원 후생비를 '법카'로 브런치도 먹고 차도 마셨네요."

"기가 찰 소리 집어치우고, 요건만 말하시오."

"아니면 말고, 그럼 가보시오."

며칠 지나지 않아 두 번째로 소환했습니다. 역시 비슷한 이야기로 시간을 쪼갰습니다.

며칠 지나 세 번째 불려갔습니다.

"그동안 수사 결과를 보면, 공금 훼손은 약과고 부정청탁에 부정 축재 등 최소한 10년 형이 모자라겠던데, 어이 생각하시오?"

"맘대로 생각하고, 썬스타 개통령이나 좀 만납시다."

"썬스타가 뉘 집 똥개 이름인 줄 아시오."

"나쁜 샤키들, 어디 두고 보자."

"아이, 무셔. 두고 보자는 놈치고 안 무서운 넘 없는데. ㅋㅋㅋ"

"………"

"거기 누구 없냐? 손님 나가신다. '잘' 모셔드려."

이튿날 노노는 절친 집 마당에서 시체로 발견됐습니다. '잘' 모시라는 게 아마 죽임을 얘기한 것 같았습니다. 외상은 전혀 없고, 그렇다고 약물 중독 흔적도 없었습니다.

검시관 말씀은 '어디 높은 곳에서 뛰어내려 숨진 것 같은데 외상이 전혀 없구려. 워낙 훌륭하신 분이라 아마 그런가 보오.'

그것으로 끝이었습니다.

웬일인지 유가족들의 항의조차 없었습니다.

사건은 종결됐습니다.

두 번째로 공자처에 불려온 건 애니입니다.

지방정지발전득위를 맡고 있는 젊은 정치가입니다.

이름이 꼭 여자 같으나, 남자입니다. 요즘 애들이 좋아할 여성 스타일 말입니다. 하긴 꼰대 시절에도 '아랑드롱' 같은 댄디 보이가 인기였었지만.

"반갑습니다. 부럽습니다."

"무슨 일로?"

"아니, 그냥 비결이나 좀 들어봅시다."

"???"

"어찌하면 암컷들로부터 이렇게 많은 러브 콜을 받는지 말입니다."

얼마 전 노노가 공자처에 다녀온 뒤 죽은 걸 아는지라, 애니는 얼핏 불안감이 들었습니다.

사실이지 그는 암컷들의 우상입니다. 젊은 암컷들로부터 '한번만'이라는 사랑 공세는 썬스타와 비교가 되지 않습니다.

유행가 '한 번쯤'의 가사 이상입니다.

'말 한 번 걸어 봤으면' 원이 없겠다는 년.

'손 한 번 잡아 봤으면' 하는 어린 암컷.

'한 번만, 한 번만 안겨 봤으면' 하는 중년 암캐.

'한 번만 붙어 봤으면' 하는 늙은 암캐.

'언제쯤이면 나에게도 기회가 올까'를 기다리는 줌마들.

'왜 이렇게 망설일까, 아예 확 자빠뜨려'하는 년.

'나는 기다리는데'하는 순정파.

그는 주겠다는 년을 마다하지 않는 바람둥이기도 합니다.

사무실이든 식당이든 숲속이든 상관없습니다.

간통죄가 없는 마당에 암컷이든 수컷이든 눈만 맞으면, 아니 배꼽만 맞으면 그만입니다.

"근데, 이게 전부 고소장입니다."

"무슨 말씀인지?"

"그동안 당신이 넘어뜨린 암컷들이 모두 당신한테 강간당했다며 낸 고소장이란 말입니다."

"난, 강제로 한 적 없습니다."

"그건 당신 생각이고……"

"썬 개통령 좀 만납시다."

"오는 놈마다 썬개, 썬개 하는데, 뭉개져 봐야 알겠냐, 이 샤키가. 점잖게 대해 줬더니 겁이 없네, 많이 컸네."

쪼그라들던 애니는 그 자리에서 타협안을 제시했습니다.

"좋습니다. 나 특위장을 포함 모든 공사의 직을 다 내려놓고 쥐 죽은 듯 살겠습니다."

"알았수다. 진작 그럴 것이지. 개통령님께 보고해서 그 뜻을 전하겠으니 돌아가시오."

"예, 고맙습니다."

꾸벅…….

공자청 청사를 걸어 나오는 그의 눈에 하늘은 노랗게 보였습니다. 정신이 아득해져서 비틀비틀 집으로 돌아왔습니다.

"무슨 일이세요, 여보."

"아무것도."

"물 한진 드시고 천천히 말씀해 보세요."

이야기를 들은 아내도 몹시 흥분했습니다.

더구나 언니 동생 하며 따르던 위원회 사무실 비서년이 앞장서서 소장을 제출했다는데 분노했습니다.

"남편과 놀아나는 걸 내가 모를 줄 알고 그랬냐. 남편도 좋아하는 것 같아 눈감아 줬더니, 고년이 뭐 어쨌다고요?"

"공자청에서 협박받았겠지, 아마도."

"어이쿠, 부처님 나셨네. 아니 지금 당신 뭐랬어? 이 마당에도 고기집년 편드는 거야?"

"………."

"내가 못 살아, 저런 남편 믿고 지금껏 헛살았네. ㅠㅠㅠㅠ."

그러면서 부부는 서로 껴안고 울었습니다.

'다음 이 두 놈은 어쩐다?'

진도는 혼자 중얼거립니다.

두 놈이란 이리와 모키.

이놈들은 앞의 둘과 달리 영악하고 사악하기가 이를 데 없는 녀석들입니다.

'썬 개통령과도 좀 더 논의해 봐야겠다. 어설프게 잘못 건드렸다가는 오히려 세력만 키워 줘서 진짜 라이벌이 될 수도 있을지 모르니까.'

한동안은 적당히 압력만 넣고 결정적 기회를 보기로 했습니다.

이리는 지역경제발전위원장입니다.

아직은 썬스타에게 절대복종과 각종 정책 아이디어를 많이 제공해 줌으로써 신뢰를 받고 있습니다.

특히, 무상복지 아이디어는 대부분 이 녀석의 머리에서 나온 것들로 필요할 때마다 써먹은 정책입니다.

어릴 적 멀건 개죽도 제대로 못 먹고 자란 녀석이라 돈과 관련한 경제문제에 아주 영리하고 해박한 놈입니다.

특히 좌익사상가들의 전매특허인 '공짜 무상복지'에는 별 기발한 내용까지 포함해서 암놈 유권자들의 인기를 얻는 데 크게 보탬이 되고 있습니다.

'멘스'를 처음 시작하는 어린 암놈한테 성체가 될 때까지 생리대를 무상 제공한다는 기발한 생각이 바로 녀석한테서 나온 것입니다.

이에 앞서 놈은 성년 축하금으로 얼마씩, 청년 수당이라는 명목으로 공짜 데이트 자금을 마구 뿌리기로 하는 등의 청소년 정책을 입안한 바 있습니다.

그러니 어리거나 아직은 요즘 애들에 속하는 젊은 암놈들한테는 더욱 인기가 높습니다.

때문인지, 정기 여론조사에서 '차기 예비 대권주자'에서 항상 다섯 손가락 안에 들어 있습니다.

놈은 또 얼마나 약은지 그럴수록 몸을 낮춰 손바닥이 닳도록 비비기를 잘합니다. 그래서 더 위험하기도 합니다.

진도는 혼자 씨부렁거렸습니다.

"토사구팽이란 사자성어가 왜 있겠는가? 적당한 시점에 팽 시키면 돼지 뭐. 감시의 눈길만은 소홀히 하지 말아야지."

다음은 모키였습니다.

녀석은 썬 개통령을 닮아 능글능글한 웃음을 달고 지냅니다. 놈은 가장 영악하고 사악하며, 의리라고는 손톱만치도 없는 파렴치한입니다. 생김새가 원숭이를 닮아 몽키라 불렀는데, 받침 이응이 떨어져 나가 모키로 불립니다.

그는 동물권익위원장을 맡고 있는데, 항상 힘없는 자들과 동고동락하는 서민 이미지를 쌓는데 능수능란합니다. 일부러 똥개들이 사는 움막에서 지내는가 하면, 주어진 한 끼를 굶고 그것을 힘없는 늙은 개에게 갖다주곤 했습니다.

사실은 자기 집에서 흰쌀밥에 고기를 맘껏 처먹으면서 말입니다.

놈은 지금껏 일정한 직업을 가져본 적이 없습니다. 가난한 자와 힘없는 자들을 위한다는 핑계로 가진 자들을 찾아다니며 공갈쳐 빼앗은 물건으로 호화롭게 살았습니다. 협조해 주지 않으면 개권, 돼지권 등 동물권을 짓밟은 몰염치하고 부도덕한 놈으로 몰아붙여, 기어이 원하는 만큼의 억지 후원물품을 받아냈습니다.

그러나 젊은 놈들한테는 지적이며 인자한 품성을 지닌 훌륭한 개로 포장되어, 그를 따르는 녀석들이 많습니다.

때로는 썬스타에게 도전하는 듯한 행동으로, 그를 따르는 놈들에게 강한 지도자, 올바른 지도자로서 이미지를 심어 주기도 합니다.

정말 골치 아픈 놈입니다.

어려운 일에 부딪히면 원숭이처럼 요리조리 잘도 피해 가면서 주위의 눈총을 사기도 하지만, 위기를 넘기는 데도 뛰어납니다.

처음 동물권익위원장 자리는 그의 것이 아니라 천재적 두뇌를 지닌 젊은 개 발리의 몫이었습니다.

"발리 씨. 당신은 젊고 똑똑하니까 보다 더 큰 역할을 맡으시고 위원장 자리는 내게 양보해 주시면 안 될까요?"

"………."

"글구, 선생께서 요구하시면 언제든 위원장 자리를 넘겨 드릴 테고, 대업을 위해 뛰게 된다면 제가 견마지성으로 분골쇄신 지원하겠습니다."

젊은 발리는 그의 혀끝에 놀아나 '그럽시다' 며 자리를 양보했습니다.

살벌한 세상을 지내다 보니 '장(長)' 이라는 명함이 필요해진 발리가 그를 찾아갔습니다. 처음 몇 차례는 바쁘다며 면담조차 거절당했습니다.

"워낙 바빠서, 미안했습니다."

"바쁘시면 좋은 거죠, 뭐. 바쁘시니까 간단히 말씀드리죠."

"네, 이야기하세요."

"전에 약속한 대로 이제 위원장 자리를 제게 돌려주시면 합니다."

"뭐라고요? 위원장 자리를 돌려달라고요?"

"예."

"젊은 친구가 머리가 잘못됐나? 지금 무슨 소릴 하는 거요?"

"뭐라구요?"

"나, 그런 약속 한 적이 없을 뿐더러, 이 자리는 아무나 앉을 수 있는 자리가 아닙니다."

"뭐라고? 이 나쁜……"

"글구, 위원장이라는 게 사적으로 주고받을 수 있는 물건이 아닙니다. …… 그러니 얌마, 젖이나 더 먹고 와 이 미친놈아."

뒤통수를 된통 얻어맞은 발리는 눈물을 머금고 쫓기듯 그의 사무실을 나왔습니다.

'세상에 나쁜 놈, 어디 두고 보자' 며 이를 갈았습니다.

"내가 바보였구나. 그 미친 능구렁이 늙은 개를 믿은 내가…"

이 밖에도 잠룡이 몇 놈 있으나 그저 두고 볼 일입니다. 아직은 시간이 한참 남았으니.

그런데 세상은 모를 일. 이 모키가 어느 날 스스로 목숨을 끊었습니다. 이유는 지금껏 아무도 모릅니다.

일설에 따르면, 비서를 포함 주위의 암컷들을 모두 건드리는 바람에 그들 남편이나 남친으로부터 집단폭행 당해 죽었다는 소문도 있으나, 여태 비밀에 묻혀 있습니다.

그건 그렇고, 근데 모모를 어쩐 담……

진도는 턱을 괴고 앉아서 생각합니다.

"어쩌긴 어째, 우리 편이잖아. 내가 괜한 걱정 하고 있네."

모모라는 작자는 그 흔한 위원장 감투 하나 없는 실업자입니다. 옛날로 치면 한량, 꼰대 용어로는 화려한 백수라는 화백, 요즘 애들 보기에는 완존 깡패입니다.

그냥 아무한테서나 좋은 것 탐나는 것 있으면 뺏어 씁니다.

비밀 요정이랄 것까지는 없지만 언제부턴가, 아마 썬개가 술을 마시고 자기 쫄개들도 가끔씩 마신 그때부터인가 봅니다, 이곳 농장에도 비밀 룸살롱 비슷한 술집이 있습니다. 그놈은 빈털터리면서도 이집 단골입니다. 물론 돈은 지불하지 않습니다. 주인도 받을 생각도 없고, 언제나 공짜입니다. 그럼에도 누구도 건드리지 못합니다. 썬스타의 죽마고우, 아주 친한 놈이기 때문입니다.

가끔은 민원성 문제를 해결해 주기도 함으로써 술집으로서야 별로 손해 볼 게 없는지도 모릅니다.

주정뱅이를 쥐 패서 문제가 생겼다거나, 술값 시비로 시끄러울 때 그가 나타나면 자연스럽게 해결됩니다.

또 썬개통령에게 기대서 조그만 감투 하나 얻겠다고 안달인 놈을 만나면 술 몇 잔으로 부탁을 들어줍니다.

공자처장 진도가 이를 모를 리 없습니다.

암튼 그놈에게 소환장을 발부했습니다.

"번거롭게 해서 미안합니다."

"천만에요, 뭔지 몰라도, 귀찮게 해서 미안합니다."

"그냥 요즘 어떻게 보내시는가 해서요."

"그런데 소환장은?"

"예, 남들 눈이 있어서, 그냥 신경 쓰지 마시고 술이나 한잔 나누고 가시면 합니다."

"술이라면 단골 룸살롱 버닝 비키니에 갑시다. 내가 한 잔 사리다."

"말씀드린 대로 남의 눈이 있어서 그냥 여기서……"

"술이야 기집년을 옆에 끼고 마셔야 제 맛이 나지."

"그게……"

"요즘 새로 들어온 비키니 걸 섹시 개년이 있는데 머시기도 아주 재밌게 생긴 것이 끝내 주거든."

"알았습니다. 서류에 도장 찍을 게 한두 군데 있으니 그것만 하고 갑시다, 까짓거. 오늘 모모님 덕분에 여러 가지로 호강하게 생겼습니다."

모모와 관련해서 여러 차례 민원이 들어 왔었다.

남편 보는 앞에서 유부녀를 겁탈했다거나, 술김에 지나가는 돼지에게 무작정 주먹질을 날렸다거나, 빌려 간 돈을 떼먹었다거나, 이런 저런 치사한 것들로 한 두 가지가 아닙니다.

"보시다시피, 전부 허위사실로, 무고이므로 무혐의 처분입니다. 여기 엄지발가락 한 번만 꾸욱 눌러주고 가시지요."

"그럽시다."

꾹……

"됐습니다. 우리는 언제나 한 편이잖아요."

"그럼요, 그럼요."

14. 가짜 견생 좆코와 확인되지 않은 의혹만으로…

썬 개통령은 2차 숙청 이후 각료를 전원 해산하고 공자처와 특수 부대 조의(皁衣)만을 남겨 두었습니다. 그러나 뜻하지 않은 조그만 사건들이 자주 터지는 바람에 이를 담당할 또 다른 조직이 필요해짐

에 따라 경찰청을 신설한다고 발표했습니다.

사실은 공자처장 진도와 조의 대장 사탁의 힘겨루기에 견제구 겸 사탁에게 힘을 실어주기 위한 것으로 풀이됩니다.

이들 둘은 2인자 자리를 놓고 사사건건 부딪쳤는데, 오리지널 부하 사탁이 밀리는 모습을 보였기 때문인 것 같습니다.

신설된 경찰총수는 공모를 통해 뽑기로 했습니다. 자천 타천으로 지원자 신청을 받았는데, 서류는 자신을 증명할 수 있는 것이면 뭐든 제출하라는 것이었습니다.

신청자 가운데 하나가 좃코라는 이름의 수캐입니다.

초콜릿을 워낙 좋아한 탓에 붙여진 별명이 본명이 돼버린 것입니다. 그러나 발음상 '초콜릿' → '초코' → '좃코'로 불리게 된 멋쟁이 개입니다.

접수된 신청자 가운데 좃코가 모든 면에서 단연 압도적으로 뛰어났습니다. '자소서'를 포함, 첨부된 각종 증명서가 타의 추종을 불허할 정도로 화려했고, 내용 또한 나무랄 데 없었습니다. 경찰총수로서 적격이었습니다.

첨부된 증명서 가운데 몇 개만 훑어보면 다음과 같습니다.

자기소개서: '정직'이 생활신조임. 자칭 천재.

학위증명서: 중국 군견사관학교 수석 졸업.

중국 SKY 특수견 대학원 박사.

추천서: 미국 군견학교장. 중국 군견학교장.

수상 실적: 국내 레인저견 실전대회 금상 외 2건.

표창장: 군사견 훈련소장 외 3건.

동료평가서: 정직/남을 위한 봉사 아이콘.

재산증명서: 부자.

세금 납부서: 제로.

자원봉사 인증서: 군견병원, 레인저견 훈련소 조교 봉사.

압도적 점수로 경찰총장에 임명됐습니다.

그러자 지원자 중 일부가 제출된 서류가 위조라고 주장하며 이의를 제기했습니다. 즉시 조사가 시작됐습니다.

조사 결과, 제출된 서류는 하나도 빠짐없이 몽땅 가짜였습니다. 졸업했다는 학교 학적부에는 이름이 없었고, 박사학위를 받았다는 곳은 아예 존재하지도 않는 기관이었습니다.

다른 모든 증명서도 마찬가지였습니다.

딱 하나, 아들 초지가 딱 한 시간 자원봉사로 받은 증명서를 자신이 받은 것처럼 고친 것이 그나마 가장 정직한 것이었습니다.

확인 결과, 온 가족이 모여 누구는 도장을 위조하고, 누구는 졸업장과 표창장 등 증명서를 가짜로 찍어내고 하는 식으로 분업과 협업으로 하루 만에 뚝딱 만들었던 것입니다.

이쯤 됐으면 자진사퇴하고 용서를 빌어야 마땅한 것으로 동물들은 생각했습니다. 그러나 정작 그는 '난 전혀 모르는 일'이라며 시치미를 뗐습니다.

"소문만이 아니라 그게 사실이잖아요? 증거가 넘쳐나는데."

"가짜라고 하는 그게 가짜입니다."

"헐, 헐,"

이러한 상황에서도 썬개통령은 그를 경찰수장으로 임명했습니다. 아예 막가파였습니다.

동물 인민은 아예 안중에도 없었습니다.

'확인되지 않은 의혹만으로 공직 임명을 미루는 건 나쁜 전례를 남기는 것' 이라며 임명을 강행했습니다.

동물이 모이는 곳이면 좆고 이야기로 와글와글했습니다.

그러나 당사자나 임명권자는 눈 하나 깜짝 않고 '가장 정직하고 가장 유능한 총장' 임을 강변했습니다.

이 사건에 암캐 영자가 끼어들면서 항간은 재밌는 이야기로 심심찮게 됐습니다.

개 영자는 아주 영악한 명품 개입니다.

이름에서 알 수 있듯이 암캐였습니다.

물건이 아니니까 명품이라기보다 '유명개사' 라고 해야 하는지 모르겠지만 말입니다.

그녀는 말재주가 뛰어나 사람으로 치면 작가나 소설가에 비유될 만했습니다. 한편으로는 수놈 킬러이기도 했습니다.

결혼과 이혼을 밥 먹듯, 남편을 벌써 8번씩이나 갈아 치웠습니다. 미국 여배우 누구랑은 비교조차 할 수 없는 기록입니다.

중년을 넘어선 지금도 멋쟁이 수컷을 보면 무조건 '하고' 마는 성격입니다.

70년대 소설 '영자의 전성시대' 주인공 영자는 식모살이와 버스 차장 등을 거쳐 어쩔 수 없이 창녀가 되어 이 남자 저 남자 품에 안긴 인물입니다. 반면에 영자 개는 이와는 영 딴판이었습니다.

돈벌이나 먹고 살기 위해서 몸을 파는 게 아니라, 자신이 몸을 즐기기 위해 남창까지도 서슴없이 사는 색녀이기도 했습니다. 상대도 고르는 법이 없습니다. 나이 불문, 미추 불문, 싱싱한 놈이면 무조건입니다.

시도 때도 없었습니다. 아무 때고 붙고 싶으면 붙었습니다.

장소도 불문입니다. 풀숲이든, 남의 집구석 안방이든, 수놈이면 무조건 오케이입니다.

그런 개년이지만, 말 빨과 말재간이 뛰어나 요즘 애들 개의 우상이기도 했습니다.

영자 개년이 갑자기 뜬 것은 좆코 사건을 놓고 역시 말로 먹고사는 수캐 진로와 논쟁이 벌어지면서부터입니다.

바야흐로 이때부터 '영자의 전성시대'가 열린 것입니다.

말싸움 라이벌이 된 진로 또한 여러 면에서 독특한 수캐입니다. 이념적으로 보면 둘은 비슷했습니다. 아니 같았습니다. 썬스타나 진도와 같은 좌파 이데올로기에 갇힌 개들이었습니다. 어쩌면 진로가 더 극좌에 속했다고 볼 수 있습니다.

그가 진로라는 이름을 얻게 된 것은 이 나라 국민 소주 진로 덕분입니다. 말쟁이 평론가들이 그러하듯이 그도 술꾼입니다.

술꾼은 청탁을 가리지 않지만, 특히 그는 소주를 좋아했고, 그 가운데서도 진로 마니아였습니다.

그의 18번 노래 역시 진로소주 CM 송 '진로 한 잔 하고' 커— 하면 '진로 파라다이스'였습니다.

좆코 사건이 터지자 영자가 먼저 치고 나갔습니다.

'훌륭한 개놈을 시답잖은 똥개들이 샘이 나서 짖는다'며 좆코를 적극 옹호하고 나섰습니다.

그러자 어제의 동지이자 한때는 배꼽까지 맞춘 사이의 진로가 반격했습니다.

'아무리 같은 편이라 할지라도 최소한 양심이란 게 있어야 하지 않겠느냐'며 점잖게 나무랐습니다.

그러자 영자는 '미친놈, 구제 불능 돌대가리는 할 수 없다니까. 매일 빌빌 싸는 놈은 매사 저렇다니까.'라며 원색적으로 되받아쳤습니다.

그러자 진로가 '미친년. 아무리 그래도 그렇지, 가짜에 권력을 더한다고 그게 진짜가 되느냐? 한심한 년'이라며 쌍욕으로 '맞짱'을 떴습니다.

사건을 두고 둘의 논쟁인지 비방인지는 계속됐습니다.

둘의 싸움은 아예 개신(犬身) 공격으로 비화 되면서 세간의 흥미를 더해주었습니다. 급기야 둘은 죽기 살기로 맞붙었습니다.

"뭣도 모르는 것이 탱자, 탱자 하는 꼴이 참으로 눈꼴시럽다."

"펄렁지, 줘도 안 먹었더니 별 소릴 다하네. 미친년."

"내가 언제 준댔냐? 지가 한 번만, 한 번만 애걸해도 내가 싫어했댔지."

"얼쑤, 비 오는 날 매달리며 '어 춥다. 누가 안 안아 주나?' 한 건, 네년 아니면 도깨비였나?"

같은 마을에서 같은 해 태어난 둘은 한때 동거한 적도 있습니다.

'당신은 너무 뜨거워. 그대 없인 못 살아, 나 혼자선 못 살아' 하면서 엉겨 붙어 지낸 때도 있었습니다.

"니껄 내가 모르냐, 그걸 물건이라고 달고 다녀? '너무 짧아요' 라는 게 노랫말에만 있는 게 아니었더구면, 미친놈."

"주둥아리만 벌어진 게 아니라 밑은 더 벌어진 걸 누가 먹겠냐?"

"어느 놈이 암까마귀인지 수까마귀인지 모르겠다더니, 참으로 가관들이네. 계속 싸워라, 재밌어 죽겠다."

"옳아, 싸움은 붙이고 흥정은 말리랬잖아. 싸워, 붙어."

좆코 사건을 이야기하다 제풀에 흥분해서 또 삼천포로 빠졌네요. 죄송합니다. 다시 돌아가서 계속하겠습니다.

말도 안 되는 좆코의 경찰총장 임명으로 민심은 흉흉해졌습니다.

"이건 아니다. 이건 공화국이 아니다."

"이건 평등도 아니고 정의도 아니다."

꼰대 몇 명이 '이 몸이 죽어서 우리 동물공화국이 산다면' 기꺼이 죽겠다며 파란 솔잎을 물고 거리로 나섰습니다.

'우리야 죽을 날이 다가왔으니 그만이지만, 다음 세대를 위해서 그냥 넘길 수 없는 일'이라며 깨어있는 많은 꼰대가 합류했습니다.

개나 돼지나 염소나 닭이나 할 것 없이 광장을 향해 나섰습니다.

잘 걷지도 못하는 늙은이랑, 다친 몸으로 낑낑대며 참가한 중년이랑, 손자 손녀를 달고 나온 가족들로 거리는 가득했습니다.

암컷 수컷 구분 없이, 저마다 파란 솔잎 하나씩을 입에 물거나 몸에 지니고 있었습니다.

축제 때 사용했던 깃발을 'X 좃코'로 바꿔 들고 나왔습니다. 물론 평일에는 일을 해야 하므로 주말에만 모였습니다.

처음 몇 안 되던 참가 동물 수는 시간이 지남에 따라 점차 늘어나 세 번째 주말에는 축제광장이 꽉 차고 넘칠 정도가 되었습니다.

저마다 앞발, 목, 꼬리 등 몸체에 따라 가능한 곳에 나름대로 만든 피켓을 들거나 달고 나왔습니다.

'X 좃코'가 가장 많았습니다. 선두에 선 녀석이 '좃코 물러나라.'를 외치면, 뒤따르는 무리는 떼거리로 피켓을 흔들며 힘차게 따라 했습니다.

'좃코는 나쁜 놈.'

'좃코는 개도 아니다.'

'좃코는 자진사퇴 하라.'

는 등의 피켓과 구호가 광장을 뒤덮었습니다.

그러나 참으로 이상했습니다.

데모대는 좃코만 나쁜 놈으로 몰아붙일 뿐 정작 임명권자인 썬스타 개통령을 비난하거나 '하야 하라'를 외치지 않았습니다. 두려움 때문인지, 아니면 진짜로 좃코만 나쁘다고 여겨서인지는 알 수가 없었습니다. 어쩌면 '썬스타는 언제나 옳다'는 이념화된 구호가 머릿속에 박혀서 그런지도 모르겠습니다.

그보다는 '썬개'를 비난한다거나 직접 몰아붙일 경우, 그에 대한

'반대'는 이유 여하를 불문하고 금기시된 공포감 때문인 것 같기도 했습니다.

또 하나 궁금한 것은, 극성분자 '썬사랑' 관련 패거리들이 보이지 않는다는 것이었습니다.

그러나 얼마 지나지 않아 한꺼번에 왕창 등장했습니다.

'O 좃코'

'좃코는 멋쟁이'

'좃코는 천재'

등의 구호를 외치며 썬빠들이 맞불 집회를 열었습니다. 이들은 역시 노란 은행잎을 물고 나왔습니다.

'좃코는 죄가 없다'는 정부의 말을 왜 믿지 않느냐며 솔잎 부대를 맹비난했습니다.

'내 사랑 좃코는 영원히'

'좃코는 경찰개혁의 적임자'

라는 피켓도 보였습니다.

"경찰개혁이 뭔데?"

"그게 왜 필요한데?"

"나 몰라. 그냥 하라니 하는 거지."

"까라면 까는 거지."

"근데. 사실 나오라고 해서 나오긴 했는데……. 거짓말을 잘한 짓이라고 칭찬하는 걸 새끼들이 보면 뭐랄까 걱정되기도 해."

"그렇긴 한데……"

"그놈 좌우명과 가훈이 '첫째도 정직, 둘째도 정직, 셋째도 정직' 이라니 얼마나 가증스런 놈이야."

"정말 치가 떨려."

"헛소리 마. 썬스타는 언제나 옳아, 때문에 좃코도 분명 옳아."

골수 썬빠들은 누가 뭐래도 썬개통령을 지지하며, 따라서 좃코를 응원했습니다.

"맞아, 거기다 좃코는 정말 잘 생겼잖아."

"분명 거시기도 끝내 줄 거야. 아, 아, 하고 싶다."

"너 못 봤어? 난 지난 안전호 피습사건 데모 때 옆을 지나는 걸 슬쩍 본 적이 있는데……"

"그래? 멋있지?"

"아니, 영 아니야. ㅍㅍㅍ."

"완존 고추야? 꼬마 고추? ㅠㅠㅠ."

썬빠 줌마들은 여기서도 거시기 머시기 타령만 하고 있었습니다. 숫자로 보거나 열기로 봐서 제 발로 뛰쳐나온 솔잎 부대에 훨씬 못 미쳤습니다.

좃코에 대한 찬반 데모가 이어지고 있으나, 이번에도 당국은 아는 지 모르는지 아무런 제재가 없었습니다. 폭력이 없는 한 방치하는 것 같았습니다.

나중에 알려진 바에 따르면, 사탁과 진도의 건의를 썬개가 받아들 여 그렇다는 것입니다.

데모가 일상화되고 찬반 여론으로 민중들이 갈리게 되면 통치가 쉽다는 것이 사탁이 주장한 첫째 이유라고 합니다.

거기다 진도는 진도대로 무시무시한 숨겨진 속셈이 따로 있었습니다. 언젠가 필요한 시점에 데모대를 자극, 폭력화시키면 썬스타 일당을 때려 엎고 자신이 개통령이 되겠다는 계산이었습니다. 그에 대한 사전 연습이자 자연스럽게 이뤄지는 훈련인 셈입니다.

이러한 꼼수와 사악한 전략을 모르는 썬개는 이 둘의 말이라면 무조건 '옳아, 옳아'로 받아주고 있었습니다.

당사자인 좃코는 가짜 수염을 달고 현장을 어슬렁거리며 여론의 추이를 살펴보고 있었습니다.

사탁과 진도 역시 현장에 몰래 나와 평화적 시위가 어떡하면 폭력적으로 바뀔 수 있을지에 대한 나름대로 현장 점검을 하고 있었습니다.

15. 썬개통령 머리 꼭대기에 앉은 영부견(領夫犬) 숙맥

그대 등뒤에 서면 나는 벌써 젖어드는데♪

정말이지 어느 날 갑자기 옛날 대중가요 '애모' 가 젊은것들의 애
창곡으로 떠올랐습니다.

　"그대 앞에만 서면 나는 왜 작아지는가,

그대 등 뒤에 서면 내 눈은 젖어 드는데
사랑 때문에 침묵해야 할 나는 당신의 여자,
그리고 추억이 있는 한 당신은 나의 남자여.”

아날로그 타입의 촌스러운 가사와 느린 곡으로 요즘 애들한테는 안 어울리는 노래입니다.

그런데도 어딜 가나 젊은 놈이 모인 곳이면 ‘그대 앞에만 서면……’ 이 흘러나왔습니다.

뉴트로 분위기에 편승한 젊은 애들의 흐름이라 치기에는 인기가 넘쳐났습니다.

진원지가 따로 있었습니다.

꼰대였습니다.

썬스타가 마누라 치마폭에 쌓여 허우적거리는 꼴이 보기 싫어 가사를 바꿔 부른 것입니다.

바뀐 가사 재미 때문인지 걷잡을 수 없이 널리 퍼진 것입니다.

“마누라 앞에만 서면 썬개는 왜 작아지는가,
그년 등 뒤에 서면 썬개는 더 쪼그라드는데
백치백치 바보 썬개는 등신등신 숙맥의 종놈,
그리고 두 연놈이 살아있는 한 썬개는 영원한 똥개여.”

꼰대들의 이러한 노래를 뜻도 모른 채 따라 부르는 꼬마들로 인해 썬개 패거리로서는 골치 아픈 일이 하나 더 늘어난 셈입니다. 이후 이 노래는 솔잎 부대 집회 시 주제곡으로 사용되고 있습니다.

반면에, 썬빠 줌마들은 또 다른 가사로 바꿔 그를 애모하기에 바빴습니다.

"썬개 앞에만 서면 나는 왜 흥분하는가,
백치 등 뒤에 서면 나는 왜 질질 싸는가.
사랑 때문에 눈이 뒤집힌 나는 당신의 암컷,
그리고 그대가 살아있는 한 당신은 나의 수컷이여."

오리지날 가사보다 바뀐 노래들이 인기를 얻자 요즘 애들도 그들 식으로 개사해서 제멋대로 불렀습니다. 더 직설적이고 야하다 못해 요즘 어른들이 까무러칠 판이었습니다.

"그대 앞에만 서면 거시기는 왜 자꾸만 커지는가(숫놈),
그대 등 뒤에 서면 나의 머시기는 벌써 젖어 드는데(암놈)
흘레 때문에 꼼작 못하는 나는 당신의 남자(숫놈),
그리고 퍼킹을 끝내주는 당신은 나의 여자여(암놈)."

암수가 이렇게 떼창을 부르며 놀고 있습니다.

가사는 신나는 대로 수시로 바뀌었습니다.

1·2차 숙청도 끝났고, 섹스 축제도 지난 지 한참 됐고, 그렇다고 생활환경이 더 좋아진 것도 아니고, 뭐가 신나는 일도 없었습니다. 모두가 힘이 없고 비실비실했습니다. 일도 손에 잡히지 않았습니다. 너 나 할 것 없이 똑같습니다. 그래서인지 썬개를 비꼬며 비하한 이 노래가 더 인기였습니다. 모두가 콧노래로 흥얼대거나 떼창을 부르기도 합니다.

그런데 또 다른 문제가 나타났습니다.

프리섹스 정책 후유증 염려가 뒤늦게 현실로 드러나기 시작했습니다. 임신한 암컷이 엄청나게 늘어난 건 사실입니다. 하지만 많은 경우 어미가 너무 어리거나 뒤늦게 새끼를 밴 노년 출산이라 미숙아나 영아 사망이 엄청나게 늘어난 것입니다. 결국, 정상 출산 때보다 신생아 숫자가 늘지 않았고, 거기다 허약 체질이 대부분이었습니다.

그게 다가 아닙니다.

수컷들의 덮치기 밥이 됐던 어린년들의 머시기가 헐었습니다. 달거리 시점에도 그 짓을 당했으니 성할 리가 없지요. 벌겋게 부었거나 피를 찔끔찔끔 흘리며 다니는 것들이 적지 않았습니다.

또 어린 수컷들도 이를 피해갈 수 없었습니다. 나이 든 암컷 역시 어린놈을 강제로 끌어안고 해댔으니 자라기도 전에 거시기가 망가졌습니다.

또한, 동물공화국에 성병이 만연해진 건 프리섹스 후유증으로 당연히 나타나게 된 결과였습니다. 치료약이 없는데다가 병을 가진 연놈끼리 마구 해대다 보니 기하급수적으로 증가한 탓이지요.

이래저래 출산율 높이기만 실패한 것이 아니라 모든 동물의 건강이 엉망이 돼 버렸습니다. 생산성도 잠깐 향상되는가 싶더니 전보다 더 고꾸라졌습니다.

또 다른 획기적 대책이 필요하게 됐습니다.

그래서 '썬스타가 못할 것이 없지' 라며 프리섹스 정책과 반대되는 대책을 내놨습니다.

하나, 프리섹스 정책을 전면 수정한다. 따라서 배우자가 아닌 연놈과 하는 것을 금한다. 불가피한 경우 화간은 용인되나 강간은 엄한 처벌을 받는다.

둘, 시대의 흐름에 맞춰 미성년 기준은 그대로 두되, 조혼은 권장하지 아니한다.

셋, 의무 합방이 아닌 합방 허가제를 실시한다. 허가를 득할 시 일정 세금을 부과 받는다. 세금을 내지 않고 몰래 '하다' 들키면 10배의 벌금을 물린다.

넷, 일부다처(一夫多妻)와 일처다부제(一妻多夫制)는 '암수는 각자 능력에 따라 3마리까지 데리고 살 수 있다'로 개정한다. 이때 숫자에 따라 세금을 내야 한다. 많이 가질수록 세율은 높아진다.

다섯, 근친상간은 허용하되 반드시 허가 받아야 한다.

여섯, 동성애는 금하며 이종교배는 허가 없이 가능하다.

동물들은 당황하다 못해 황당해했습니다.

'아니, 아무리 그렇지만 내꺼 내가 갖고 하는데 허가받고 세금까지 내라니 말이 되느냐' 며 펄쩍 뛰었습니다.

'돈 없으면 내 마누라나 내 남편하고도 18조차 못한다니, 무슨 재미로 사느냐' 며 넋을 잃었습니다.

농장의 정책이 하루아침에 이랬다저랬다 바뀌는 바람에 동물들은 더없이 혼란에 빠졌습니다. 갈팡질팡 도무지 종잡을 수가 없었습니다. 어디까지가 합법이고 어디서부터 불법인지도 잘 모르게 됐습니다.

더구나 동물생활의 중요 부분이자 그나마 고단한 삶에서 돈 안 들이고 할 수 있는 유일한 즐거움인 배꼽맞춤 교미조차 맘대로 하지 말라니, 사는 맛이 깡그리 사라졌습니다.

세상이 힘들어지면 더 죽어나는 건 동물공화국도 마찬가지로 가난한 서민들입니다. 위험을 무릅쓰고 뒷산에 가 숨어서 하거나, 헛간 짚 더미 속에 파묻혀 끙끙대는 수밖에 없습니다. 혈기 왕성한 젊은 연놈들은 손으로 대신했습니다.

한동안 수컷에 시달리던 어린년 가운데 거시기 맛을 못 잊은 것들은 떼거리로 몰려다니며 깜짝 항의시위를 벌이기도 했습니다.

법이 시행되자 한동안 파리 날리던 집창촌은 다시 활기를 되찾았고 비밀술집도 호황을 맞았습니다.

집창촌의 경우, 이종교배 손님이 많아지다 보니 인간 세상의 에이즈 같은 신형 비이즈 성병까지 생겨 급속도로 번졌습니다. 일반 성병에 엎친 데 덮친 꼴이 되고 말았습니다. 차라리 이번 기회에 죽는 게 좋을지도 모르겠다며 자포 자기하는 동물도 늘어났습니다.

전염성과 독성이 일반 성병에 비해 엄청 강한 게 멀쩡하던 동물에까지 옮겨 마구 퍼졌으나 당국은 눈 하나 깜짝하지 않았습니다.

그러나 많은 경우 '썬스타는 언제나 옳아'라는 교조적 말씀에 감히 반기를 들지는 못하고 화병만 쌓여갔습니다.

생산성은 갈수록 떨어졌고, 썬개에 대한 충성심도 줄어들었습니다. 일부 죽어도 좋아 썬빠, '죽썬빠'를 제외하고는…….

하지만 썬개 정부는 쾌재를 불렀습니다. 섹스 과세와 벌금으로 세수가 괄목할 정도로 왕창 늘었기 때문입니다.

"섹스든 뭐든 인민들한테는 자유보단 억압이 확실히 효과가 좋아."

"그럼요. 썬스타는 언제나 옳다니까요."

동물 인민들이야 죽어나든 살아나든 국고가 늘어나 삐딱해진 애들한테 안겨줄 지원 예산이 넉넉해졌습니다.

"자, 젊은 세대들에게 퍼줄 효과적인 방안을 모색해 봅시다."

"걍(그냥) 펑펑 퍼 줘도 퍼 줘도 충분합니다. 굿 아이디어도 필요 없습니다."

썬개는 청년 '지원책'을 즉시 발표하고 곧바로 시행토록 했습니다. 예산은 남아도는 만큼 쩐(錢)으로 해결하는 방법을 총동원해서 그들의 이탈을 막도록 총력 대응, 특별 지시를 내린 것입니다.

먼저 달마다 새로 성년이 되는 모든 동물들에게 축하금으로 한 달치 버금가는 식량을 지급했습니다.

또 그 기간 중 그들에게는 한동안 시행하다 거두어들인 프리섹스 정책을 한시적으로 허용하도록 특별 배려했습니다. 지금은 법적으로 금지되어 있는 음주도 허용했습니다.

한마디로 공짜로 먹고 마시며 섹스를 즐기라는 것입니다.

그러자 이미 성년인 요즘 애들이 '평등의 원칙'에 어긋난다며 불만을 드러냈습니다. 그러자 그들에게도 같은 특혜가 주어졌습니다.

이번에는 요즘 어른을 포함한 꼰대들로부터 볼멘소리가 터져 나왔습니다. 그러나 이들에게는 '평등 위에 또 다른 평등이 있음을 모르느냐'는 힐책과 함께 '까불면 가만 안 둔다.'는 경고만 발했습니다.

어떻든 시끄러운 애들을 다시 끌어안았으니 썬 패거리는 한시름 놓았습니다.

'애모' 노래가 크게 유행하게 된 배경에는 썬스타 마누라인 '숙미' 영부견(領夫犬)의 행동거지도 크게 일조했습니다.

요조숙녀에 아름나움이 넘치는 암캐라는 의미로 지어 준 이름이었으나, 이름과는 거꾸로 영 개판인데다 숙미가 아닌 숙맥 같았습니다. 역시 짝퉁 풍산개로 콩과 보리도 구분 못하는 등신 마누라, 숙맥과 바보를 뜻하는 백치남편 부부라 짝꿍이 맞긴 했습니다.

어느 순간부터인가 숙맥 마누라가 자신이 상왕 개통령인 것처럼 설치는 꼴에 인민들로부터 미운털이 더 많이 박힌 것입니다.

인민 행사장에서 썬개통령보다 앞자리에 앉는다든가, 쫄개들의 인사에 먼저 발을 들어 답례하곤 하는 것입니다. 썬개 뺨치게 뚱녀인 숙맥은 '개발에 편자'라는 말이 꼭 어울리는 꼴값 치장을 하는 것도 인민들에게 볼상 사나운 걸로 비칠 수밖에 없었습니다. 제 딴에는 예쁘게 꾸민다고 들고 다니는 부채는 무당들이 굿 할 때 사용하는 울긋불긋 희한하게 생긴 것이며, 걸친 스카프는 상거지 꼴을 보태주는 것이 되고 말았습니다.

그런데도, 웬일인지 썬개는 꼼짝없이 당하고만 있으니 그 또한 인민들로부터 세트로 조롱당하는 요인이 된 것이지요.

거기다 이름과는 반대로 거리가 먼, 멀어도 한참 먼, 샛서방 분탕질을 하고 다니는 걸 세상이 다 알거든요. 아래층에서는 남편 썬스타가 회의를 하는 동안 젊은 호위무사를 2층 침실로 불러들여 그 짓을 하곤 한 것입니다. 한번은 불려간 젊은 수컷이 이를 거절하자, 남편 썬스타에게 '호위무사 개새끼가 나를 겁탈하려 했다'고 거짓 고자질을 하는 바람에 목이 '땡'한 적도 있습니다. 이후 숙맥 똥녀의 요구를 거부할 녀석이 없어졌지요.

그년은 발정기가 되면 눈에 뵈는 게 없어집니다. 시간, 장소, 상대 불문, 무조건 불러다가 이런 식입니다. 먼저 함께 술을 마십니다. 갑자기 '배가 아프다'며 발랑 드러눕습니다. 불려온 수컷에게 '배꼽을 핥으라'고 말하는 거지요. 머뭇거리면 '죽을래'소리칩니다. 배꼽에 혀를 갖다 대자 '좀 더 아래, 아래로'합니다.

둘 다 벌겋게 달아오른 거시기 머시기가 합쳐지는 거지요. 어떨 때는 옆에 있는 놈들도 거들어 세 놈이 한꺼번에 '하면서' 동시에 혀로 빨고 핥고 난리가 나기도 합니다.

아무튼, 개판 5분 전이 아니라 개판 18분입니다.

이러니 썬개통령 부부의 권위가 서겠습니까? 지도부의 균열과 권력투쟁의 움직임이 서서히 나타나기 시작하는 것이지요.

겉으로는 절대 충성을 맹세하지만, 속으로는 호시탐탐 기회를 노리는 녀석들이 늘어나고 있었습니다.

이쯤 되자 농장은 하루가 다르게 피폐해져 갔습니다. 생산량이 줄어든 것은 말할 것도 없고 동물들의 사기는 땅에 떨어졌습니다.

국고도 점차 바닥을 보이자 썬개통령은 부자세를 신설, 조금이라도 더 가진 놈의 재산을 뺏어갔습니다.

지치고 지친 동물 인민들의 자살이 다시 증가하기 시작했습니다.

16. 썬스타 개통령의 능과 기념궁전을 지어라.

　갈수록 악화되는 이런저런 현실을 모르는 바 아니나, 썬개통령은 기존의 정책을 그대로 밀고 나갔습니다.

　즉, 3대 기조인 '적폐 청산' '평등소득 성장론' '내로남불 행정' 이 그것입니다. 내로남불은 적폐 청산과 평소성 정책의 실행과정에서 생긴 엉터리 방법이 정책화되어 버린 것입니다.

썬개는 이러한 정책을 바꾼다거나 하는 것은 인민들에게 밀린 것으로 생각했습니다. 그러면 자신의 권력도 끝이라는 불안감 때문인 것 같았습니다.

농장의 동물 인민들만 불쌍하게 됐습니다. 그런들 어쩌겠습니까, 세상사가 모두 그런 것이거늘.

결국, 동물 인민공화국은 낭떠러지를 향해 한발씩, 한발씩 다가가고 있었습니다.

이러한 와중에 썬개의 머릿속에 문득 멋진(?) 새로운 아이디어가 번쩍했습니다. 이건 사탁의 건의도 누구의 권유도 아닌 자신이 생각해 냈다는데 더 신이 났습니다. 그것이 자신의 몰락을 더 재촉하는 것인 줄 알지도 못하면서 말입니다.

멋진 아이디어란 이런 것이었습니다.

'그래 맞아, 지금뿐 아니라 죽은 뒤에도 영광을 계속하는 방법으로, 살아있는 지금 거창한 무덤을 만들어야겠다.'

'어떤 나라는 삼대를 이어오며 권력을 승계하고 인민들로부터 절대적 존경을 받고 있다는데 나라고 못할 거냐?'

'난 삼대가 아니라 삼십 대, 백 대를 이어가는, 대대손손 썬스타 동물 인민공화국 개통령을 이어가도록 해야겠다.'

'나를 살아있는 우상으로 만들고, 죽어서도 우상으로 남기고, 또 세습으로 이어가는 방법으로 왕릉 같은 무덤 건설과 후계자로 내 새

끼를 옹립하는 법을 만들어야겠구나.'

하긴 인류 역사를 보면, 중국의 진시황이 그랬고, 이집트의 모든 왕조가 그랬으며, 많은 나라 왕들도 왕위에 오르면 첫 번째 사업으로 바로 자신의 무덤을 조성했다고 기록되어 있습니다.

이는 당대의 영광뿐 아니라 자신의 왕조를 이어갈 후세 왕의 권위까지 염두에 둔 것이었을 터입니다.

'내가 왜 진작 이런 생각을 못 했을까?'

당장 진도를 불렀습니다. 그리고 자신의 구상을 이야기했습니다. 정치 후계자는 없다, 있다면 내 새끼를 보필할 절대 충성자를 찾아 제2인자를 만든다, 참모로서 역할을 맡길 뿐이다.

"훌륭한 생각을 하셨습니다. 최상의 선택을 하신 겁니다. 과연 선각자다운 영명하신 결정입니다."

진도는 속으로 환호하며 앞발을 번쩍 들었습니다.

'생각보다 빨리 오겠군, 이 농장이 내 것이 될 날이.'

그는 썬스타를 더욱 부추겼습니다.

"원래 인민이든 동물 인민이든 배고프고 일에 시달려야 딴 생각을 못하는 법입니다. 고삐를 단단히 쪼이겠습니다. 각하, 충성!"

썬스타는 태어난 지 얼마 안 되는 자신의 새끼 가운데 수컷 한 놈을 후계자로 점찍고 훈련시키기로 마음먹었습니다.

보디가드를 따로 붙여 행여 파랑 개나 똥개로부터 피습당하지 않도록 특별 지시했습니다.

기본 사료 외에 소젖 치즈 햄까지 영양이 넘쳐나게 먹였습니다.

이러다가는 제대로 클지가 의문이라고 숙맥 마누라가 말렸으나, 이번만은 남편답게 '버럭', 잔소리 말고 무조건 많이 먹이라며 윽박질렀습니다.

농장의 일반 동물들로서는 어느 날 갑자기 떨어진 개 능 건설작업 지시에 어안이 벙벙했습니다.

"아니, 왕조시대도 아니고 인간도 아닌 것이 웬 능이람."

능은 농장이 다 내려다보이는 양지바른 언덕 중턱에 터를 잡았습니다.

크기만 하더라도 조선왕조 왕릉 못지않게 넓게 설계됐습니다.

개, 돼지, 말, 황소, 염소, 젖소 등을 모두 동원해서 매일매일 부역을 시켜도 터 잡기 공사에만도 아마 해를 넘길 것 같았습니다.

동물은 주어진 원래의 하루 작업을 마치고 나서, 이 일은 자원봉사, 노력봉사 차원에서 '스스로 즐거운 마음'으로 참여하도록 지도했습니다.

'평등의 원칙'에 따라 이 작업도 동물 차별 없이, 암수 노소 구분 없이, 똑같은 양의 작업량을 할당받았습니다.

새끼가 해내지 못한 양만큼 그 부모가 채워야 합니다. 능 공사를 핑계로 할당된 자기의 생산량을 채우지 못하면 당연한 이야기지만 그날 급식은 반으로 줄어들었습니다.

그럼에도 농장이 굴러가는 것이 참으로 이상했습니다.

현장감독 경찰과 작업동물 사이에 뭔가 짬짜미가 있는가 보였습니다. 서로가 모른 척하고 있는 거였습니다.

가만히 살펴보니, 한 번 일하면 그것으로 하루 일과는 끝입니다. 그냥 빈 걸음으로 왔다 갔다 하거나 그냥 앉아서 쉬거나 자거나 하며 시간을 죽입니다. 간혹, 밑에서 보이지 않는 둔덕 아래 숨어서 키득키득 그 짓을 하며 놀기도 합니다.

특히 수놈 감독관은 더합니다. 암놈과 공짜로 교미하는 재미로 감독하는 거 같았습니다. 일에 진척이 있을 리 없었습니다.

하지만 문제가 되지 않았습니다. 그놈이 그놈인데 허위 보고서를 내면 그만이기 때문입니다.

그런데 한 가지 눈에 보이는 실적은 있었습니다. 땅 파기입니다. 공사를 하자면 기초 작업으로 땅 파기는 기본입니다.

돼지가 누구냐. 멧돼지와는 4촌 아닙니까. 그리고 주둥이로 땅 파는 데는 포크레인 저리 가라입니다. 돼지는 이곳 사육동물 중 가장 영리합니다. 한 번에 왕창 파고 노는 게 아니라 딱 한 번 일하고는 일부러 일을 안 하는 겁니다.

진짜 높은 놈이 검열 나오면 왕창 파 놓고는 땀을 닦는 척하면 그만입니다.

개는 앞발로 땅 파는 데는 역시 뛰어난 실력을 지녔습니다.

돼지와 개가 '이따금' 신나게 땅을 파는 걸 옆에서 본 진짜 땅 파는데 귀신 쩜쩌 먹는 두더지가 재미삼아 거듭니다.

들쥐가 가만 보고 있다가 질세라 함께 파고듭니다.

순식간에 너무 많이 파냈다 싶으면 다시 덮습니다.

이때는 말과 소가 거듭니다. 손발이 척척 맞습니다. 생명력이란 정말 무서운가 봅니다. 이런 식으로 살 궁리를 하면서 버텨내는 걸 보면 그렇다는 것입니다.

땅파기는 쉬우나 경계석이나 초석 쌓을 일을 생각하면 동물들은 한숨이 절로 나옵니다.

돌을 어디서 이렇게 구해 오며, 누가 쌓을 것이며, 어떻게 짜 맞출 것인가를 생각하면 한숨을 넘어 식은땀이 솟습니다. 그래서 흙을 팠다 덮었다, 쌓았다 허물었다, 옮겼다 다시 옮기기를 반복하면서 세월만 보내는 거였습니다.

썬스타는 최근엔 농장에 잘 나타나지 않고 하얀 집 집무실에서 많은 시간을 보냅니다.

혼자서 장밋빛 농장 미래를 그리며 술에 빠져 있는가 봅니다.

그러다가 어느 날 현장을 나가보기로 했습니다. 진도 사탁 촛코 모두를 대동하고 능 공사장을 찾았습니다. 이를 안 동물들은 부지런히 흙을 다시 퍼내 쌓아놓았습니다.

'공사가 많이 진척됐구나.'

그는 만족해했습니다.

수행자의 하나인 사탁이 말했습니다.

"각하, 기왕이면 능 옆에 썬스타 개통령 기념궁 겸 기록실을 함께 건립하는 게 좋겠습니다."

"그렇습니다. 뒤이을 개통령께서 선대의 빛나는 기록을 보고 많은 것을 배울 수 있도록 말입니다."

옆에 있던 좃코도 맞장구쳤습니다. 이른바 충성경쟁입니다.

능 공사를 진도에게 맡김으로써 소외감을 느낀 둘이 존재감을 부각시킴과 동시에 진도에게는 견제구를 날린 것입니다.

"굿 아이디어. 과연 사탁다운 발상이야."

진도는 못 들은 척 능 공사에 관해서만 보고합니다.

"계획대로 차질 없이만 진행된다면 능 공사는 내년 봄이면 완공할 수 있을 것입니다."

그러나 돌 공사가 문제인지라, 기간이 좀 더 소요될 것이라고 말했습니다. 파묻힌 돌을 파내 크기에 맞춰 고른 다음 이를 옮겨 짜 맞추자면 아무래도 시간이 걸린다는 이유에서입니다.

듣고 있던 사탁이 다시 태클을 걸었습니다.

"무슨 말씀, 내년 봄이라니? 겨울 공사를 하게 되면 동물들이 줄줄이 다치거나 죽을 수도 있게 됩니다. 따라서 겨울이 오기 전에 기념실까지 모든 공사를 끝내야 합니다."

"무슨 수로 그게 가능하겠냐?"

"가능하지요."

"어떻게?"

"우선, 제가 지휘하는 청년 돌격대 썬위병을 모두 동원해서 산비탈에 흩어져 있는 돌을 주워오게 하겠습니다. 당장 내일부터."

"그렇지. 글구, 북측 경계에 있는 개울에서 적당 크기의 예쁜 돌을 갖고 오면 도움이 되겠군요."

좃코가 다시 사탁의 말에 힘을 실어주었습니다.

"좋아, 좋아. 그리고 우리 하얀 집 마당의 석등을 포함해서 경계석 등 꽤 쓸 만한 것들이 많을 거야. 그걸 몽땅 가져다 쓰도록 해."

'녀석들 때문에 계획에 차질이 불가피하게 됐네. 나쁜 놈들.'

진도는 생각했습니다. 그는 일부러 겨울 공사를 할 계획이었습니다. 부상자가 많이 발생하고 춥고 배고픔을 못 이겨 폭동을 유발토록 할 계략이었는데 말입니다.

이튿날부터 썬위병 돌격대가 공사에 투입되었습니다. 혈기 왕성한 놈들이라 달랐습니다. 일주일도 안 돼 개천가 돌이 바닥을 보였고, 산비탈의 깨진 바윗돌이 깨끗이 없어졌습니다.

하얀 집 마당에 널려 있던 석조물도 몽땅 가져다 났습니다. 작업도 예상 밖으로 순조롭게 진행됐습니다.

"각하, 기록실뿐 아니라 각하의 동상도 세우는 게 어떻겠습니까?"

"그것 좋지."

"인민들이 그 앞을 지날 때마다 허리 굽혀 인사하게 함으로써 충성심도 북돋우고 말입니다."

"과연 그대가 충신이오."

"과찬이십니다, 각하!"

기록실은 석등 하나를 두고 주위를 다듬으면 그런대로 형태를 갖출 수 있을 것 같았습니다.

하지만, 썬개통령의 돌 조각상은 동물만의 힘이나 기술로는 아무래도 무리임을 그들도 알고 있었습니다.

나 라구라는 또 불려갔습니다.

"너도 들었지?"

"뭘요?"

"시침 떼지 말고. 너 요즘 자꾸 나한테 엉기는데 그냥 확……"

"그냥 확, 어쩔 건데요?"

"이게 정말……"

"말씀하십시오. 개 각하……"

완전한 실물 크기의 돌 조각상을 설치하려면 비용도 비용이지만 나중 여러 가지 문제가 발생할 수 있습니다.

때문에, 인간들 묘소 주위에 세워 두는 동물 형상 가운데 개 조각을 하나 구해 올 테니, 동물 손으로 엉성하게 썬개통령 닮은 형상으로 다듬는 것이 훨씬 더 좋을 것 같다고 조언했습니다.

그도 이해했습니다.

돼지들은 생각 이상의 능력을 지닌 녀석들입니다. 엉성한 앞발로 끌과 망치로 다듬은 썬개 비슷하게 닮은 돌상이 완성됐습니다.

나머지 작업은 일사천리로 진행됐습니다. 겨울이 시작도 되기 전에 끝냈습니다. 밑에서 쳐다볼 때 가운데 봉분을 중심으로 왼쪽에 썬개 돌조각상이, 오른쪽에 기록실이 위치한 거대한 기념시설물입니다.

봉분도 왕릉보다는 작으나 일반 인간묘소보다는 훨씬 컸습니다.

위는 산비탈 잔디를 뜯어다 아주 예쁘게 깨끗하게 입혔습니다.

기록실은 핑거 프린트를 모은 곳을 돌이 둘러싸고 있습니다. 초기 동지였으나 두 차례 숙청으로 죽은 놈들을 제외한 현 실세들의 앞발 프린트들입니다.

축대에는 '항일 백치혈통 썬스타 기념궁전'이라고 붉은 페인트로 크게 씌어 있습니다. 그 양쪽에는 '썬스타는 언제나 옳아'와 '썬스타는 우리의 지도자'라는 표어가 붙어 있었습니다.

동물들은 누구나 그 앞을 지날 때면 언제나 허리를 90도로 꺾어 인사해야 합니다. 그리고 거기에 쓰여 있는 '썬스타는 언제나 옳아.' '썬스타는 우리의 지도자'라는 구호를 소리쳐야 했습니다.

17. 뒤죽박죽 동물 인민공화국, 비탈에 서다

동물 인민들의 생활은 점점 더 나빠지고 있었습니다. 겨울이 다가
오자 지친 동물들의 비명이 이어졌습니다. 이제 주말이면 솔잎 부대
의 집회가 일상화됐습니다. 가끔은 썬빠 집단들의 노랑 잎 맞불 집회

가 열리기도 했습니다. 이제까지 두 집단 간 물리적 충돌은 거의 없었습니다.

진도와 이에 맞서는 사탁과 좃코 팀은 권력 게임을 하느라 언제나 바빴습니다.

진도는 제 1, 2차 숙청에서도 가장 큰 공훈자입니다. 그는 그러나 자신이 손에 피를 묻히기보다는 그동안 부하인 석두를 시켜 악역을 맡겼었습니다. 살아있는 권력에도 칼을 댈 수 있는 자만이 존경받는다며 그를 부추겼습니다.

이름 그대로 돌대가리인 석두는 '법과 원칙' 을 내세워 그동안 적폐청산에 앞장서 칼을 휘둘렀습니다. 그때마다 진도 및 썬스타로부터 '엄지 척' 칭찬을 무척 많이 받았습니다.

진도는 잠재적 현재적 라이벌인 사탁과 좃코를 밀어내는데 석두를 써먹기로 했습니다.

먼저 썬스타의 최측근이자 진도 자신도 건드리지 못했던 친구인 모모를 치게 함으로써 자신의 위상을 높이기로 마음먹었습니다.

석두는 먼저 좃코를 소환했습니다. 경찰청장 임명에 사용했던 위조 서류의 진위 조사라는 이유였습니다.

좃코는 콧방귀를 뀌며 '이미 끝난 사항' 이며 자신에 대한 나쁜 뉴스는 모두 가짜라며 불응했습니다.

'가짜인지 진짜인지는 조사해 보면 알 것' 이라며 위조서류를 포함한 그동안의 비리를 담은 소환장을 공개했습니다.

'확인되지 않은 소문 때문에 임명하지 않으면 나쁜 선례가 된다'며 임명을 강행했던 썬스타는 노발대발했습니다.

돌대가리 석두는 꿈쩍 않고 '법과 원칙에 따른 조치'라며 우직스럽게 물러서지 않았습니다.

서열로 치면 자기보다 훨씬 위인 현직 경찰청장을 소환하자 동물들은 재미있는 빅 뉴스에 모두 귀를 쫑긋했습니다.

잠자코 있던 영자가 또다시 좃코를 비호하고 나섰습니다.

좃코를 소환하는 것은 돌대가리다운 멍청한 짓이라며, 그만하고 당장 사과하라라며 욕설을 퍼부었습니다.

진로도 다시 나섰습니다.

미친년다운 짓 그만하고 잠자코 있는 게 좋을 것이라며 영자를 나무랐습니다.

진로는 좃코에게도 한 말씀 했습니다.

'가짜+권력=진짜 권력'이라고 우기는 건 동물과 하늘을 너무 우습게 보는 거다, 패가망신 당하지 말고 지금이라도 이실직고 사과하고 물러나는 게 그나마 조금 남은 좃코의 명예를 지키는 일이라며 일갈했습니다.

진로의 이번 비판은 그가 그동안 내놓은 108번째라며 의미를 더했습니다.

숨어 있다가 가끔 나타나 헛소리를 지껄이는 자칭 정치예술가라는 리민이 끼어들었습니다.

"돌대가리 석두야. 칼을 쥐었다고 해서 조자룡 헌 칼 쓰듯 마구 돌리면 네가 죽는다. 돌대가리 박살나기 전에……"

진로가 가만히 있을 리 없었습니다.

"누가 돌대가리냐. 영자, 좃코, 리민 너들보다 더 돌대가리가 있냐? 세 돌대가리 합친다고 새(鳥) 대가리도 못 되는 연놈들, 접시물에 코 처박고 뒤지기나 해라."

1대 3으로 설전이 붙었습니다. 입씨름 설전이 아니라 아예 욕 싸움입니다. 사건의 본질이나 문제를 떠나 엉뚱하게도 '돌대가리'가 논쟁의 중심이 돼버린 느낌입니다.

영자가 진로의 과거 돌대가리 사례를 들어 공격했습니다. 9×9단을 몰라서 매일 야단맞은 돌대가리였다며 비난했습니다.

진로가 맞받아쳤습니다. 가나다라도 모르는 돌대가리가 남의 것을 베껴다 제 것인 양 글쟁이, 말쟁이 하는 사기꾼이라며 영자를 쏘아댔습니다.

리민이 끼어들었습니다. 정치의 정자도 모르는 놈이 '이러쿵 저러쿵' 하는 꼴이 가소롭다며 진로를 공격했습니다.

진로가 응수했습니다. '쥐새끼처럼 남의 것만 훔쳐 먹던 놈이 언제부터 정치평론도 아닌 뭐 정치예술가라고? 죽은 쥐대가리가 웃는다.'

말싸움에서는 이들은 진로를 당할 수 없었습니다. 왜냐하면, 진로도 옛날 한때 그들과 동고동락하는 이념적 동지였으므로 그들 생각의 틀과 범위 그리고 이념적 한계와 모순을 샅샅이 꿰뚫고 있기 때문입니다. 바로 '지피지기면 백전백승(知彼知己 百戰百勝)'이라는 말 그대로입니다.

거기다 상식의 토대 위에서 논리적, 이론적, 학문적 시시비비를 따질 때 그를 당할 수 없었습니다.

그가 그들과 결별한 가장 큰 이유는 '거짓'입니다. 아무리 그래도 그렇지 '까만 것을 두고 하얗다'는 데는 최소한의 양심이 도저히 허락할 수 없었습니다.

마치 옛 진시황 시대 '지록위마(指鹿爲馬)'와 꼭 같은 행동을 보며, 이건 아니다, 한 것입니다.

지록위마는 권력자 조고가 사슴을 데려다 놓고 말이라고 우긴 다음, '사슴이냐 말이냐?'를 물은 뒤, 사슴이라고 대답한 신하는 죽이고, '말입니다'라는 신하들은 살려준 데서 나온 고사성어입니다.

좃코 사태에서 회의를 느낀 그가 죽음을 불사하고 그쪽 진영을 떠나 저격수로 등장한 배경입니다.

이들의 설전은 거의 매일 새로운 욕지거리로 시작해서 쌍욕으로 끝나는 재미를 동물들에게 선물했습니다.

파랑 솔잎 부대는 이제 '석두를 보호하자'며 길거리에 나섰고, 썬빠 노랑 잎 모임은 '좃코를 보호하자'며 집회를 계속했습니다.

'정의의 용사 석두를 보호하자.' '동물의 희망 석두를 지원하자.'는 외침이 운동장을 덮었습니다.

'좃코는 죄가 없다.' '개혁의 상징 좃코를 보호하자.'는 노랑 잎 모임의 소리침도 작지 않았습니다.

동물 민심은 파랑 솔잎 부대를 중심으로 라떼 노털들과, 노랑 잎 요즘 애들 중심의 두 패거리로 양분됐습니다.

단선 철로에서 서로 마주 보고 달리는 기차 같았습니다. 세대 차이가 가장 큰 요인으로 분석되었습니다.

절박함이나 죽기 살기에서는 아무래도 솔잎 부대가 더하며, 숫자도 훨씬 많은 게 사실입니다.

썬개 정부는 그러나 의견이 다름을 인정하는 것이 민주주의 동물 공화국이라며 딴청만 피우고 있었습니다.

솔잎 부대의 응원에 힘을 얻은 석두는 모모를 다시 소환했습니다. 지난번 그의 직속상관인 진도가 불렀다가 한마디 말도 못 하고 술만 마시고 헤어진 적이 있는, 이 정부의 실세 중 실세인 모모입니다.

"왜 오라 가라 귀찮게 하는 거야?"

"왜 반말입니까요?"

"하, 녀석 봐라. 내가 누군 줄 알고 까부냐?"

"누구긴 누구여? 피의자로 소환된 모모지."

"뭐? 피의자?"

"옛 썰, 피의자."

"너 지금 장난하는 거냐?"

"아니거든요, 장난. 법과 원칙에 따라 잡아온 겁니다."

"너 지금 출세하고픈 모양인데, 나한테 말해라. 뭐든."

"피의자로 잡혀 온 주제에 네가 인사권자냐 미친개 놈."

"뭐? 미친개 놈?"

"그래, 뭐?"

"하, 기가 차 말이 안 나오네. 너는 지금 크게 실수하고 있는 거다."

"실수 아니거든. 난 오직 법과……"

"너 내일 내 앞에 잡혀 와 살려달라고 빌기 전에 지금 잘못했다고 빌어. 그럼 내 봐주마."

"꼭 인간 같은 소리 하고 자빠졌네."

"뭐?"

인간이 그랬다는 겁니다.

검찰에 잡혀 온 녀석이 한다는 소리가 모모와 꼭 같은 소리를 지껄였다는 겁니다. '출세하고 싶어?' '원하는 자리가 어디야.' '실수하는 거다.' '그러다 거꾸로 나한테 잡혀와 살려 달라 빌지 말고……'

"그렇게 증오한다는 인간의 말을 그대로 따라하는 꼴을 보니 기가 차서 하는 소리다. 왜?"

"그게 바로 네가 몰라서 하는 소리다."

"웃기고 있네."

"들어봐. 인간은 하등동물이야. 우리 개보다 못해. 우리가 그들을 따라한 것이 아니라 그놈들이 우리 흉내를 내는 거거든."

"말 한 번 잘한다, 둘러대기는. 미친놈."

그런데 나중 알려진 건데, 그가 좃코를 소환 조사 중에 리민이 찾아왔었다나.

"나 정치예술가로 불리는 고급인민 정치위원장 리민인데…"

"알고 있습니다만. 고급이고 저급이고 웬일입니까요?"

"좃코 문제 말인데……"

"그건 법과……"

"그래서 내가 온 거거든, 너는 말이야, 정무 감각이 없어."

"정무 감각? 그게 뭔데여?"

"쉬운 말로 정치 감각, 정치적 판단 그런 거 말이지."

"그거랑 좆코랑 무슨 상관인데여?"

"아군 적군 구별도 안 되냐?"

"여기 적군이 어딨는 데여?"

"우리 편 아닌 편 말이야. 우리 편은 무조건 옳고 잘못이 없다, 저쪽 편은 무조건 잘못했고 죄가 있다, 그런 게 정치적 정무적 판단이라는 거지"

"난 그런 거 몰라여. 난 돌대가리 석두거든요."

"진영논리란 그런 거야. 쉽게 구분하라니까."

"난 그런 거 몰라여. 오직 법과 원칙, 양심이라는 세 단어만 돌머리에 깊숙하게 박혀 있어 다른 건 몰라여."

"답답하구먼."

"답답할 거 없시유. 그건 내 일이니까여."

"너 그러다 크게 다친다."

"근데 정말 너무들 합니다요."

"뭐가?"

"지난 두 차례 숙청 땐 '엄지 척' 하면서 최고라고 부추겨놓고는 지금은 왜 못 잡아먹어 안달이래여?"

"그게 바로 정무적 판단 결여로……"

"알았시유. 아무리 그래 봤자 돌머리에 경 읽기지 안 들어가거든요. 피피피."

석두가 약은 정치예술가 리민의 코를 납작하게 만든 한 편의 코미디였습니다.

동물 인민들은 하루가 힘들게 살아가고 있는 마당에 썬스타 패거리들은 이러한 정치 논리에 빠져 헤매고 있었습니다.

'기가 차고, 맥이 차고, 거지가 깡통 차고가 아니라, 우리 동물 모두가 깡통 차게' 생겼다는 한숨만이 가득한 농장이 되어가고 있었습니다.

18. 뭐? 개딸이라고, 그럼 난 소딸이다.

농장에 갑자기 사고가 터졌습니다.

초대형 사고였습니다.

썬스타가 돼지 열병에 걸려 정신이 오락가락, 비실비실 헤맨다고 했습니다. 농장 북측 야산에서 농장 탈출 돼지가 율무에 걸려 죽은 게 있었는데, 그것이 부패해서 돼지 열병이 발생했습니다. 그 병균이 이번 능 공사에 동원된 돼지에게 옮겨졌고, 그것이 썬개통령에게 전염됐습니다.

개가 왜 돼지 열병을 앓느냐고요?

돼지 열병 바이러스가 변이를 일으켜 개 열병 바이러스가 되는 바람에 썬개가 병을 앓게 된 것으로 여겨집니다.

이번에 속도전으로 밀어붙인 능 공사 과정에서 주변 철조망이 많이 훼손된 것도 전염병 확산에 도움을 준 꼴이 됐습니다.

썬위병들이 돌을 캐고 줍느라 죽은 돼지 근처까지 왔다 갔다 하면서 찢어진 철망 틈으로 드나들었기 때문입니다.

어쩌면 진작부터 야생돼지 몇 놈이 옮겨 온 바이러스가 잠복기를 거쳐 발병했는지도 모르지만 말입니다.

처음 감기 증세로 몸이 불편하자 '독한 술'로 감기를 퇴치하겠다면서 폭음한 것도 썬개의 상태를 더욱 악화시켰습니다.

비실비실 상태가 더 심해지자 후계 문제가 수면 위로 부상했습니다. 썬개통 2세는 아직 너무 어려 당장 권좌를 물려받을 수는 없었습니다. 결국, 조기 선거를 치러 제2인자를 뽑아 섭정을 부탁하는 수밖에 없게 됐습니다. 일단 제2대 개통령을 뽑기로 했습니다.

2주일 뒤로 선거일이 공고됐습니다.

찬스는 기회다.

이 틈에 썬스타 패거리를 몰아내고 제대로 된 동물농장을 재건하자는 공감대가 힘을 얻었습니다.

예전에 숙청당했던 한표 후배들이 힘을 합치기로 했습니다.

파랑솔잎 부대 지지자들과 손잡고 한표가 아끼고 지원했던 '두표'를 보수 꼰대 개통령 단일후보로 내세웠습니다.

'파렴치한 썬개 집단에 권력을 다시 맡긴다면 곧 파멸'이라며 네거티브 방식으로 홍보 방향을 잡았습니다.

'내로남불'을 넘어 '좃로남불'이 더 이상 이 땅에 존재해서는 안 된다며 좃코의 비리를 다시 들고 나와 유권자들의 감정도 자극했습니다.

좃로남불이란 내로남불이 진화한 것으로 '좃코가 하면 로맨스요, 남이 하면 불륜'이라는 작금의 현실을 빗댄 신 사자성어입니다.

그동안 일사불란 똘똘 뭉쳤던 썬개 집단에서는 오히려 파열음이 나오기 시작했습니다.

진도가 먼저 숨겼던 발톱을 내놓고 도전을 선언했습니다.

그러자 사탁도 뛰어들었습니다.

그는 '어느 날 기어들어온 부랑 개 진도는 믿을 수 없다'며 적자 승계를 내세워 자신이 집권해야 한다며 출마를 선언한 겁니다. 보스 그릇이 안 된다는 걸 스스로가 더 잘 아는 사탁이 나선 건, 될 성싶은 놈과 손을 잡아 떡고물이라도 한 줌 더 얻어먹자는 비열한 계산이었습니다.

좃코도 도전 의사를 밝혔습니다.

그는 말도 많고 탈도 많으나 대중적 인기는 그들 패거리 가운데 가장 높았습니다. '썬스타가 믿고 추천한 복심인 좃코야말로 진정한 썬개의 후계자'라며 경쟁에 나섰습니다.

꼴뚜기도 망둥이도 다들 나섰습니다.

그동안 납작 엎드려 있던 이리도 목을 내밀었습니다.

사악함의 표본인 이리가 드디어 본성을 드러낸 것이지요. 야욕을 드러내기 시작한 것입니다.

이제 썬개의 지시도 명령도 안 따르는 그들끼리 이전투구를 벌이는 개판입니다. 답답한 썬스타가 또 나 라구라를 찾았습니다.

"놈들이 이제 내 말조차 잘 안 들어."

"라떼같은 말씀하시네요."

"웬 라떼 커피?"

"ㅍㅎㅎㅎ."

"뭔 신 소리여?"

"라떼는 커피가 아니고 말(馬)이거든요. 각하"

"얌마, 그만 놀리고 말해. 라떼가 뭐라고?"

"그냥 넘어갑시다. 꼰대의 또 다른 말이라고 생각하면 됩니다."

"어떡하면 좋으냐니까."

"난 정치평론가가 아닙니다. 정치의 '정'자도 모르는 놈이잖아요."

"야, 날 놀리는 거야?"

"정말 모르거든요."

"야, 좀 도와다오. 우린 같은 배를 타고 있잖아."

정신이 번쩍 들었습니다.

'맞아 우린 같은 배를 타고 있지.'

"저라면……"

"그래, 너라면……"

"일단 모른 척 두고 봅니다. 며칠 지나면 누가 더 경쟁력이 있는지, 그리고 누가 썬개 각하께 적극적으로 도움을 요청하는지 살펴보겠습니다."

"그리고?"

"배신 때릴 놈이 누군지, 진짜로 충성심을 지닌 놈이 누군지 이번 기회에 확인하는 것도 중요하겠지요."

"라구라는 언제나 옳아."

"큰일 날 말씀. 언제나 옳은 건 썬스타 각하뿐입니다."

선거전이 본격 시작됐습니다.

진보 패거리 후보자들은 너나 할 것 없이 경쟁적으로 공짜 선심정책을 남발했습니다. 누군가가 기본 평등소득을 지금보다 30% 올리겠다고 말했습니다. 그러자 또 누구는 50% 인상하겠다고 발표했습니다. 이번에는 아예 100% 증액하겠다고 공약하는 녀석도 있었습니다.

또 성년 축하금을 두고도 2개월, 6개월, 1년분 배급을 보너스로 주겠다는 선심 공약을 앞다투어 내놓았습니다.

누구는 또 데이트 비용은 물론 동거비, 결혼비, 출산비 등을 무조건 정부가 부담하겠다는 공약을 발표하기도 했습니다.

이 모든 것은 기존의 정책을 재탕한 것을 포함, 젊은애들 표심을 겨냥해 경쟁적으로 내놓은 퍼주기 공약들입니다.

그러나 노년을 위한 퍼주기에는 인색하기 그지없었습니다. 꼰대는 돈으로 표를 살 수 없음을 익히 아는지라 헛돈을 쓸 필요가 없다는 계산이었습니다.

반면, 보수 측 두표 후보는 진보파들의 '퍼주기 공약 = 파산 공포 공약' 이라며 맹비난하고, 공정한 기회, 평등 공정한 일자리 만들기, 공정한 생산성 향상 방안 등을 공약했습니다.

더 일해서 더 많은 생산을 하게 되면 당연히 더 많이 갖게 되는 기회의 평등, 정당한 평등을 주장했습니다.

고구마 밭 작업에서 종일 한 줄기를 캔 넘과 10줄기를 캔 넘이 지금처럼 무조건 2개씩 갖는 것이 과연 평등한 것인가를 물었습니다. 10개를 캤다면 보너스로 최소 1개를 더 갖는 것이 정당하고 공정한 평등임을 강조했습니다.

말로만 평등이라면서 '누구는 더 평등' 하다는 말도 안 되는 소리라든가, 기계적 결과의 평등이 아닌 기회가 평등한 사회, 진짜 평등한 농장을 위해 다 함께 노력하는 사회 풍토를 만들자며 호소했습니다.

그러면서 좆코 가족의 파렴치한 가짜 증명서로 인해 바로 우리 옆집 개념 가족이 입은 피해와 고통을 눈물로 이야기함으로써 동물의 감정을 파고드는 전략도 함께 펼쳤습니다.

젊은 층으로부터도 조금씩 호응도가 올라갔습니다.

여론조사 결과, 이러한 합리적 설득 작전은 그러나 공짜 공약보다는 어필함이 떨어지는 것으로 나타났습니다.

선거운동원들은 '공짜라면 양잿물도 마신다는 옛말이 틀림없는가

보다'며 허탈해했습니다.

그런데 자세히 들여다보면, 내놓은 공약이라는 게 하나같이 공수표요, 말 뻥 잔치에 지나지 않았습니다. 진보 측 후보만이 아니라 두 표도 크게 보면 마찬가지였습니다.

여기서 개딸이 등장하면서 선거판은 재밌게 흘러갔습니다.

개딸?

그들은 이리의 열성 암컷 지지층을 말합니다. 대부분이 아직 어리거나 MZ세대 암컷들입니다. 그들에게 생리대 공짜라든가 데이트와 임신 비용 등을 마구잡이로 퍼주자 생긴 이리의 열광적인 팬들입니다. 열성 열광 팬이나 지지 정도가 아니라 아예 체면과 목숨을 내놓고 덤비는 광적인 암컷 집단입니다.

개딸이라고 해서 암캐만이 아니라 암퇘지 암탉 등 젊은 암컷들은 종(種)에 상관없이 그들 스스로가 그냥 개딸이라는 겁니다.

'우리는 개딸이다, 공화국의 자랑.'

'우리는 개딸이다, 개 아빠 이리를 건드리는 놈은 죽음뿐이다.'

'우리는 개딸이다, 개 아빠의 영광 개딸의 영광.'

"근데, 갑자기 웬 개딸이며 어디서 나온 말이여?"

"응, 그건 하등동물인 인간들이 쓰는 걸 슬쩍 훔쳐 쓴 것인데…"

"헐, 인간이 웬 개딸이래?"

"아마도 고등동물인 개가 부러워 그런가봐."

"그래도 개딸이라고 우기는 이유가 있을 거 아냐."

"그게 '개혁의 딸'을 줄여서 개딸이라나."

"개혁이 뭔데?"

"야, 이 무식한 놈아, 오뉴월 발정난 암캐처럼 헉헉대는 미친개를 말하는 거지."

"글쿠나. 헉헉대는 개지랄하는 미친개 놈의 딸년이라는 거구나."

"근대, 미친 지랄개가 뭐가 좋아 딸년을 자처한데?"

"그러니까 미친 개잡년들이지."

년들은 이리를 비판하거나 비방하면 떼거리로 몰려가 '개딸의 매운맛'을 보여 주거나 아예 때려 엎었습니다.

개 아빠 이리가 한때 '써니'라는 어떤 탤런트와 동거한 사실을 두고 시비를 걸자 '내가 개딸 써니다' '내가 썬이다'라는 피켓을 들고 난리를 피웠습니다. 진짜 개보다 몇몇 암돼지들이 더 극성을 부리기도 했습니다.

이리가 가족 간 재산을 두고 다투다 자기 어미에게 '네년 머시기를 칼로 갈기갈기 찢어버리겠다'며 패륜적 발언을 한 것이 문제가 되자 '그게 어때서? 내 머시기를 칼로 쑤씨거나 찢어줘' 하면서 덤비는 데 많은 동물 인민들은 혀를 내둘렀습니다.

이 외에도 남의 돈을 떼먹었다거나 공금을 가로챘거나 남의 카드와 법카로 비싼 요리를 사 먹는 등 별별 짓을 다 해도, 년들은 그냥 '개 아빠 이리 만세'인 것입니다.

그는 '나 이리는 공금으로 눈깔사탕 하나 사 먹거나 남에게 공짜로 먹은 바 없으며……' 라며 눈 하나 깜빡 않고 계속 오리발, 아니 이리 발을 내밀었습니다.

그러거나 말거나 개딸의 극성은 갈수록 더했습니다.

이리는 그년들 앞에 가끔 나타나 '우리 이쁜 개딸들 고마워' 하면서 더 강한 파괴적 행동을 부추겼습니다.

"넌 돼진데 개가 어째 네 아빠가 되냐?"

"걍(그냥) 좋으면 아빠지 뭘 따져. 난 이리 아빠를 우리 애인보다 '짜짜 나나 더 사랑해.'" 짜짜 나나 사랑 해란 진짜 진짜 열나 졸라 사랑해라는 MZ세데 신조어입니다.

"개 아빠가 뽀뽀해 주면 짜릿짜릿 환장하게 좋거든."

이런 꼴을 본 젊은 세대 암캐와 암퇘지 암탉 몇 마리가 나서서 '우린 소딸이다' 며 치고 나왔습니다.

"삶은 소 대가리들이 납시었군."

"그래 미친 개년 개딸보단 낫거든."

"그래? 근데 소딸이라며 삶은 소 새끼 한 마리도 안 보이네. 우린 그래도 진짜 개딸년들이 더 많잖아."

"무식하긴, 소 딸이라고 소(牛)의 딸이 아니라 웃을 소(笑) 딸이거든. 니네들 하는 짓이 가소롭다는 거거든."

"정말 웃기는 짜장면 같은 소리 하고 자빠졌네."

"정말 짜짜 미친, 개 미친년들."

그런데 소 딸들은 특정 후보나 특정 대상을 지지하는 것이 아니라

'반(反) 개딸' 성격의 모임입니다. 젊은 파랑 솔잎 부대라고 할까, 뭐 그런 집단인 거지요.

그들은 몇 가지 원칙이랄까 강령을 발표했습니다.

1. 혁명 초심으로 돌아가 진정한 동물인민공화국을 만들자.
2. 평등 위에 평등 없고 평등 아래 평등 없다.
3. 어떠한 명분으로도 독재는 정당화 될 수 없다.
4. 인간이라는 하등동물로부터 손가락질 받을 파렴치한 행동을 하는 동물은 공화국으로부터 축출되어야 한다.
5. 정부는 동물의 기본적인 행복권, 먹고 사는 문제를 최우선으로 시행하라.

....

'햐, 젊은 것들이 꽤 똘똘하네' 하며 그들을 지지하고 지원하는 라떼를 포함한 남녀노소 동물 인민들이 많아졌습니다.

결국, 이러나저러나 동물인민 공화국 짐승들은 노랑잎, 파랑 솔잎, 개딸, 소딸 등으로 사분오열 되어 서로가 못 잡아먹어 안달이 난 겁니다.

조선조 지도층이 남북노소, 네 갈래로 찢어져 싸운 4색 당파 비슷하다고나 할까? 다르다면 이건 권력자 집단을 포함, 인민들까지 갈라져 '네 편, 내 편' 하고 싸움질하는 세상이 된 것입니다.

결국, 지도층이나 인민들이나 모두가 조각조각 갈라진 쓰레기 동물 인민공화국이 되어버렸습니다.

여기서 나 라구라 한 말씀 드립니다.

무식하지만 이 정도는 알거든요. 독재국가가 망하는 건 대부분이 외침보다는 내부 분열에 의한 것이라는 사실 말입니다.

특히 권력이 한 사람에게 집중된 독재의 강도가 높을수록 그러한 위험도 또한 높아지거든요. 꼭대기 한 명만 제거되면 와르르 쉽게 무너진다는 거 말입니다.

여기에는 1:8:1의 법칙이 있다고 들었습니다. 최고 권력자 밑에 10명의 신하가 있다고 칩시다. 그 중 1명은 '백골이 진토 되어도' 충성하는 자이고, 다른 하나는 기회만 되면 반역을 꿈꾸는 반골이라는 겁니다.

문제는 가운데 8명입니다. 그들은 권력자가 안정적으로 국가를 운영하고 권위를 지킬 경우 충신 쪽으로 붙고, 반대로 그가 빌빌해지면 역적 편으로 기운다는 것입니다.

이를 기준 할 때, 썬스타 동물 인민공화국은 과연 어느 쪽에 가까울까요? 라구라가 보기에는 아무래도 후자 쪽인 것 같습니다. '숭어가 뛰니까 망둥이도 뛴다' 지만, 여기는 망둥이만 보이니까 그렇다는 말씀입니다. 멸망의 낭떠러지 코앞에 온 것 같은 느낌이 들기도 합니다요.

이러한 어수선한 와중에 치러지는 선거인지라, 동물 인민들의 관심은 높아졌습니다.

그래서인지 각 후보자가 제시한 공약, 구체적이고 필요 예산을 어떻게 조달할 것인지에 대한 검증 열기가 전에 없이 뜨거워지기도 했습니다.

그러자 청년 정치위원장을 포함한 젊은 위원장들이 후보자들과 정책 공개토론회를 갖자고 제안했습니다. 당장 내일 저녁, 지난번 페스티벌이 열렸던 무대에서 열기로 합의했습니다.

여섯 후보와 젊은 위원장 넷 그리고 사회자, 토론자 등 10여 마리가 무대에 올라섰습니다.

"인사는 생략하고, 정치위원장의 질문부터 시작하셨습니다."

'공통된 질문'으로 가벼운 것부터 묻겠다며 한 첫 번째 질문.

"젊은이의 용어로 '라떼가 무엇인지' 아는지요?"

"………."

"커피 종류 아닌가요?"

"우유를 많이 태운 마니아들이 좋아하는 커피 맞지요?"

"ㅋㅋㅋ."

"ㅍㅎㅍㅎ."

"나 때는 말입니다가 변형된 '라떼 이즈 어 호스.'"

"빙고."

좃코만이 맞혔습니다.

아마 자식들과 가짜 서류를 만들면서 이런저런 이야기를 나누다 들었던 모양입니다.

'젊은이들의 일상용어조차 모르면서 젊은이를 위한 정책을 말한다는 게 넌센스'라는 비판을 다른 후보들은 피할 수 없었습니다.

시간상 한꺼번에 몇 가지 단어를 묻겠습니다. 아는 후보만 말씀해 주세요.

"그럼 '삼포 세대/ N포 세대/ 4비 세대'란 각각 무슨 뜻인가요?"

"????⋯⋯"

후보들은 하나같이 꿀 먹은 벙어리라 억지 대답을 요구받자 '겉보리 세 포만 있어도 처가살이를 마다하지 않는 세대(삼포세대), '봉지 커피를 한 번에 3포씩 타서 마시는 요즘 애들', '노 포기, 포기를 모르는 요즘 젊은이들의 용기(N포기)', '그림 그릴 때 쓰는 굵은 심 연필(4B세대)'이라는 등 엉뚱한 소리만 늘어놓았습니다.

"ㅎㅎㅎ"

"ㅍㅍㅍ"

정답은 3포 세대란: 연애, 결혼, 출산 3가지를 포기하며 산다는 요즘 젊은 세대,

N포 세대는: 포기할 게 너무 많아 셀 수도 없다는 젊은이들의 슬픈 자화상이며,

4비 세대란: 연애, 결혼, 출산은 물론 '교미'조차 싫다는 4비(非)를 말하는 젊은 세대의 웃고픈 현실을 말합니다.

"자, 이런 세대에 용기와 희망을 줄 수 있는 현실적 제도나 방안에 대해 말씀해 주십시오."

뱃속부터 무덤까지 단계별로 정부가 지원⋯⋯

무슨 돈으로?⋯⋯

⋯⋯⋯

"모두 뜬구름 잡는 이야기들입니다. 답답합니다."

"이러다가 날 밤 새겠습니다."

"다른 이슈로 넘어갑시다."

'잠깐만요.'

방청석에서 누군가 질문이 있다고 했습니다.

"좃코에게 묻습니다. 혹시 성형외과 다녀왔습니까?"

"웬 성형외과?"

"얼굴을 완전 철판으로 바꾸지 않고서는 어찌 그리 뻔뻔한지 해서 물어본 겁니다. ㅍㅍㅍ."

"ㅎㅎㅎ."

"ㅍㅍㅍ."

"ㅋㅋㅋ."

데굴 데굴 데굴 데굴……

"저에 대한 나쁜 소문은 전부 가짜뉴스입니다."

"그렇지. 숨 쉬는 것 빼곤 전부 가짜인 당신에겐 모두 가짜이겠지."

"ㅋㅋㅋ."

"신상 문제는 오늘의 주제가 아닙니다. 다음 질문을 시작합니다."

"당장 겨울나기가 걱정입니다. 난방시설에 관한 대책은?"

"그건 지금처럼 우리 동물 스스로가 해결해야 합니다."

"그렇습니다."

"인간에게 다시 지배당하는 굴욕을 겪지 않으려면 우리는 자연에 순응하며 때로는 투쟁하며 더 강해져야 합니다."

이 문제는 후보자 모두 공통된 견해였습니다.

방청석에서도 공감을 표시했습니다.

다음으로 국제 정세에 관한 질의가 있었으나 이건 현실 밖의 일이라 의제에서 빠졌습니다.

이밖에 먹고 사는 문제를 중심으로 토론은 꽤 뜨겁게 진행됐습니다. 갑론을박(甲論乙駁) 진지한 토론은 밤늦게까지 이어졌습니다.

그러나 제기된 문제마다 현실적이고 구체적인 방안을 내놓은 후보는 하나도 없었습니다.

종합토론을 거쳐 나온 결론은 '경제문제' 가 가장 중요 이슈임을 확인시켜 주었습니다.

그리고 대충 추려진 후보는 보수 측에선 단일후보 두표가, 진보 측에서는 좃코와 이리가 경합을 벌이게 됐습니다.

그런데 투표를 며칠 앞두고 이리에 대한 도덕성이 새삼스럽게 문제로 떠올랐습니다. 앞서 잠깐 언급한 대로, 한동안 써니라는 암캐와 이중 살림을 했고, 이는 누구나 아는 비밀이었으나 공식 후보로 등록되자 공개적으로 시비가 더욱 불거진 것입니다.

써니는 완전 튀기 종으로, 잡종 특유의 섹시함에 수캐들이 '오 마이 써니' 하며 따라다녔었지요. 년은 어느 날 이리에게 겁탈당해 새끼를 낳음에 어쩔 수 없이 이리의 세컨드 노릇을 했던 것이랍니다. 근데, 문제가 시끄러워지자 이리는 '난, 써니고 무니고 그런 년 아는 바 없음' 이라며 모르쇠로 일관했고, 분통 터진 써니는 죽기 살기로 악다구니를 부렸습니다. 그러나 이리는 '친일파보다 더 나쁜놈들이

나, 이리를 음해하기 위해 써니를 꼬드긴 것'이라며 계속 엉뚱한 소리만 지껄여 댔습니다.

그들 가운데서 태어난 자식들이 애비 견 이리를 찾아가 '친자 검사를 요구하며 애걸' 했으나 쫓겨났으며, 그 중 한 마리는 분을 참지 못해 그 자리에서 심장이 터져 죽고 말았습니다.

그러자 이번에는 일부 민간단체들이 '지자체발전위원장 자리를 악용해 지방에 줘야 할 자금을 빼돌려 착복' 했다며 공식적으로 당국에 고발했습니다. 그 동안의 소문에 대한 구체적 증거를 첨부해서 말이지요. 그러나 그는 역시 '완성도가 모자라는 엉터리 소설 같은 얘기' 라며 일축했습니다.

석두가 담당 개 몇 마리를 불러 조사하자, 이 중 서너 마리가 '그 돈은 이리가 착복한 게 아니라 자신들이 삥땅 친 것'이라며 죄를 뒤집어쓰고는 스스로 목숨을 끊었습니다.

이리는 '죽은 놈들은 이름도 얼굴도 일면식도 같이 밥 먹은 적도 술 마신 적도 없는 모르는 놈' 들이라고 딱 잡아뗐습니다.

죽은 개들의 가족들은 '이리와는 백 두 번도 더 만났고', '정치적 동지며 정치적 형제' 라고 말할 때는 언제고 이럴 수 있느냐며 '인간보다 못한, 정(情)이라고는 개 꼬리만큼도 없는 놈'이라며 오열했습니다.

이처럼, 이리가 코너에 몰릴수록 '개딸' 들은 더 광적으로 그를 지지하고 나섰습니다.

'우리 개딸의 아빠 이리는 죄가 없다.'

'그를 욕하는 자는 친일파 나부랭이다.'

'개딸 만세, 우리 개딸 아빠 이리 만세.'

결국 진보 쪽에서는 '누가 더 최악'인가를 선택해야 할 일만 남았습니다.

원래 선거란 '최상이 아닌 차선, 아니 최악이 아닌 차악을 뽑는 것'이라 하지만, 그들에게는 더 나쁜 더 못된 더 악질인 '최악의 선택'이 '최상의 선택'이라고 여기는 것 같았습니다.

결국, 막바지에 썬개의 공개적 지원에 힘입은 내로남불 짝퉁 견생 좃코와 도덕성부터 공금착복 등 온갖 구설에 휩싸인 '개딸 아빠' 이리가 한 끗을 두고 막상막하를 겨루게 되었습니다.

그 둘은 선거 전날 자정까지 단일후보를 위한 협상을 계속하기로 한 것으로 알려졌습니다.

드디어 선거 날이 되었습니다.

이날은 썬스타 패거리가 반란을 일으킨 지 딱 516일이 되는 11월 3일입니다.

이른 아침부터 동물들은 들뜬 마음으로 투표장을 향해 걸음을 옮기고 있었습니다. 아직 진보 측 단일후보는 누구로 결정되었는지 알려지지 않았습니다.

이때 친구인 원숭이가 헐레벌떡 나 라구라한테 달려왔습니다.

"그런데 말이야, 지금……"

"알고 있어. 빨리 나가자."

나는 챙겨둔 백 팩만 들고 원숭이와 함께 부리나케 농장을 나섰습니다. 농장 100여m 거리에는 방씨 아가씨와 진압경찰 닭장차 두 대, 동물 운반 트럭 4대가 대기하고 있었습니다.

경찰은 방독면과 가스총 엽총과 최루탄으로 완전무장하고 있었습니다.

19. 뭐라고, 제2 염라개왕이 누구라고?

그로부터 한 달 후, 포승(捕繩)에 손을 묶인 나 라구라는 법정 피고
석에 앉아 있으면서 판사의 선처만을 기다릴 뿐이었습니다.

같은 시각, 썬스타 패거리는 축생 담당 염라대왕 앞에 섰습니다.

담당 염라대왕도 개였습니다.

먼저 썬개가 불려나갔습니다.

"지난 개생을 비디오로 다 봤다. 지옥행 고고."

"억울하다. 난 나름대로 우리 개를 위해 최선을 다했다. 지옥행이
라니 말도 안 된다."

"너이 가장 큰 죄기 뭐라고 생각하나?"

"죄가 없는데 큰 죄가 어디 있고 작은 죄가 어디 있나?"

"네 놈은 동족인 개를 학살했다. 또 같은 동물인민을 마구잡이로
죽인 것도 작은 죄가 아니다. 그러나 그건 동물 세계에서 있을 수 있
는 일이라 치고도……"

"그럼 무죄가 맞네."

"가장 큰 죄는 개의 명예를 '개조토'로 만든 거다. 그건 용서받
을 수 없다. 어찌 개보다 못한 인간에게 두 번씩이나 당했느냐 말이
다. 이놈 개새끼야."

"그래도 억울하다. 글구, 두 번 당한 게 아니라 마지막 한 번이거
든."

"잘 생각해 봐라. 왜 두 번인지를."

"그건 모르겠고, 암튼 난 염라대왕의 판결을 받아들일 수 없다."

"야, 너 지금 어따 대고 계속 반말 지껄이냐. 아직도 개통령인줄
아는가 본데, 아니거든."

"어떻든 난 억울하다."

"그래? 그럼 제2 염라대왕에게 재심 요청의 기회를 주마. 잘해봐
라."

재심 담당 염라대왕을 찾아갔습니다.

어디서 많이 본 얼굴이었습니다.

"야, 너 석두잖아. 네가 웬일로 여기 앉아 있냐?"

그러자 옆에 있던 보디가드 개 8마리가 '으르렁' 달려들어 물어 뜯으며 한마디 합니다.

"뭐? 석두. 석두가 뭐 옆집 똥개 이름인 줄 아냐. '더 평등한' 염라개왕이거든. 잔소리 말고 꿇어."

그 개들은 썬스타가 개통령으로 있을 당시 자기의 호위무사 8마리 그놈들이었습니다.

- The End -